我把青春寫成書

主編▼楊秀嬌
插畫▼紀于蔓

中學生作文集

校長投下神聖的一票

同學們踴躍投票的盛況

李作昤同學提供的書名獲得最高票，接受校長頒發一千元獎金

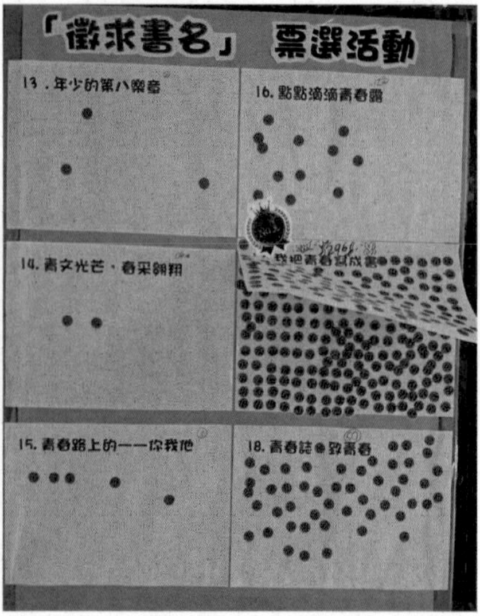

獲得二九六票的冠軍書名《我把青春寫成書》

【推薦序】

作文沒邏輯，要善解人意

知名作家、主持人　陳銘磻

從小學讀國語課本開始，每個人都要認識作文、寫作文；直到中學、大學，甚至成人以後，還是跟作文脫離不了關係。大學寫作心得報告，進入社會編寫工作企劃案，有時還得在網頁塗塗寫寫生活見聞。一生中，我們耗費許多時間在跟寫作這件麻煩的事糾纏，從而結下無盡良緣或孽緣。

作文成為不少人害怕遇上的夢魘。

究竟害怕什麼？作文不過就是用文字描繪日常生活，記述某些想法，抒發凌亂心情，懷想思念的人物而已，何來畏懼？厭惡什麼？

要說作文的「寫作」奧祕，不只是文字技巧微妙，語意順暢，字數達標即可。沒有感情的文章，讀不出趣味，甚無意思；缺乏善解人意的作文，讀不出生動，不會是佳作；還有，沒有故事性的文字不會感人，得不到迴響。

作文舉例的故事若非真實，是遐想、創意、再創造，如果能寫出真切情感，呈現生命勇氣，感動人心，能深刻留在讀者心中，便是生動篇章。不少名聞世界，使人讀後難以忘懷的小說，如日本著名作家，獲頒諾貝爾文學獎的川端康成的《古都》、芥川龍之介的《羅生門》、法國作家聖修伯里的《小王子》不都是這樣嗎？

人生本來就是懸在虛實之間，說不上一個大道理；這些文學家的小說故事孰真孰假，不會有人在意，重要的是，他們都是用奇妙文字傳達生動的人情冷暖的故事，使人讀後有所感悟。

作文是件苦差事，要使心情隨意定，自然能紓解出一絲微微的甜蜜感受，就是要我們從練習文字的技藝，完整無憾的表現心裡的想法。

文字技巧不如人，不是罪過，誰沒寫過錯別字？誰沒張冠李戴過無意錯置的段落？與其小心眼挑剔別人的缺失或過錯，不如花時間找出自己的缺憾，連根拔起，並加揚棄。有勇氣面對、檢視自己作文的盲點，比起閱讀百本書，更加受用。

這時，就要問問自己，腦子有沒有思想，有沒有中心意識？你對學習作文的態度是誠摯喜歡，還是應付了事而已。

寫作這件事，好比乘坐直升機，載著想像垂直升降飛行，時而平穩順暢，時而迴環轉折，過程不免曲折，有時還能從中體會創作心情的起落變化。

《我把青春寫成書》是本頗具文學性格的書，書名魅力無比，創意十足，其中作品，來自不同班別的同學，見解獨到的寫作態度，自能表現不一樣景象。由於投入真摯的熱情，使得寫作者的情感變得格外溫順，文字的生命力也變得特別堅韌，易於使讀者在與閱讀的邂逅中，產生思維交流，可讀性加厚、加高許多，更能顯出箇中滋味，值得一再閱讀。

【推薦序】

在青春的路上與寫作相遇　給內壢國中所有的孩子～

閱讀磐石推手　吳韻宇老師

青春像野紅開在山顛，風一吹來，熱情招搖，搖得在山下的人羨慕又嫉妒。

青春也像一彎在山谷等待的虹，雨季一來，就能綻放出眾人渴望的繽紛霞彩。

只是，青春走得很快很快，「唰～」一翻頁，就不知翻越了幾個山頭。

青春易逝多感，如何停慢腳步？將七彩留下，將熱情寄存……

如果你有一枝筆，該如何記下你所有的樣貌？在那個只有你自己可以決定自己樣子的年代，將青春化為永恆的印記。

記下你的美好，記下你曾經的熱血高亢，在球場邊的呼喊，與好友同行的狂笑，你那無畏的青春。

記下你的挫敗，記下你用汗水與淚水詮釋的青春，在勇氣中不顧一切的奔馳，在深夜孤獨中無人理解的惆悵。

記下你的明媚與憂傷，記下只有青春這個年紀，才能理所當然的年少輕狂與輕愁。

在你每一個毛細孔張開，好奇體會這個世界的到來，等待風吹，期盼雨淋，那是你最敏銳多感的年少時代。

如果你有一枝善於書寫的筆，用這枝筆去觀察去發現，才會聆聽到自己從未聽過的聲音。然後在寫作中，能和現在的你對話，和過去的自己和解，與未來的前方相遇。

當然，你也該記下你的惜福與感恩。

在內壢成長的你是有福的，祺文校長與閱讀教師秀嬌老師的堅持，學校多年來提供一片適合成長的土壤，將年少屬於你們的青春保留了下來，在這本書中，留下的不是墨跡，而是青春永遠的註記。

最後恭喜這本書中所有的小作家們，在清新的少年情懷中，文字化為繁星，點點都是心中永恆的光彩；也鼓勵還沒動筆的每個你，去寫作吧！在寫作中，你將遇見一個從未遇見的，自己！

【推薦序】

青春寫真集

內壢國中校長　林祺文

時隔兩年多，內中學生寫作作品集又將出版。感謝閱讀推動教師楊秀嬌老師的付出，讓我在內中任內，有幸看見孩子們的第四本作品集付梓成書，並且能第二次受邀寫序，也為我在內中擔任校長任內，算是留下一些印記，感謝秀嬌老師給我這個機會。

我們都曾有過經驗，當老師在黑板上寫下作文題目時，我們經常是好半天擠不出幾個文字。寫不出東西或是有很多想寫，卻不知如何表達，應該都曾是我們青春少年時作文課的共同困擾。在成長學習的過程中，不難發現，寫作確實很重要。例如：學生時期要做報告，研究生要寫論文、也許做業務需要回應顧客的郵件、像現在大家習於在臉書分享經驗等，都是所謂的寫作。

仔細翻閱這本作品集，每一篇刊載的學生作品，都能「我手寫我口，我口訴我心」，孩子們駕馭文字的能力超過我的想像。畢竟他們也都才只是十四、五歲的孩子。回想十四、五歲時的我，可能還是成天在外遊手好閒，打彈珠、跳格子，天黑還不知道要回家的野孩子。看著這些孩子們優異的表現，真是讓我感動又羨慕。

宋代嚴羽《滄浪詩話》裡有一段精彩的對話：「夫詩有別材，非關書也；詩有別趣，非關理也。然非多讀書、多窮理，則不能極其至。」一篇作品要能打動人心、要能言之有物、要能情景交融、甚至情近乎辭，是必須具備一定的學養，得到更多的見聞，看到更廣的世界，寫作內容才能精彩動人。從孩子們的作品不難看出，內中近年推動閱讀有成，廣泛閱讀是寫作的必要養分。我們帶孩子閱讀的不只是書本，走出教室閱讀在地文史、閱讀生態環境；攀登百岳閱讀山嵐雲海、閱讀層巒疊嶂。每一次與自然、人文的接觸，都讓孩子們視界更遼闊。閱讀帶孩子看見世界的美！孩子們將這些美好以文字譜寫出屬於他們的青春寫真集。

【推薦序】青春寫成的書

內壢國中教務主任　吳紫文

彷彿才不久前，青春還在街角處，兩年過去了，青春如今已經寫成書。

國中時期，十三、十四歲的孩子就可以有寫作作品出版，這在其他學校恐怕沒有這個機會！但在內中，卻已經要出版第四本了，很驚人吧！作品獲選收錄的孩子們，相信這本作品集會是他們青春少年時最美麗的一頁。

擔任教務主任第三年，看著閱讀推動教師楊秀嬌老師在推動閱讀與寫作上的戮力，毅力驚人。我們看到的困難，她都能樂觀以對，耐心等候，也因此成就了這第四本的作品集。她努力提供孩子發表的舞台，點亮孩子們的寫作熱情，讓孩子的天賦被看見。我常懷疑是甚麼強大後盾支撐楊老師能如此不畏艱苦的投入這份工作。我想，是因為那份「教育愛」。她看見孩子的需要，看見教育上的不足，她有著客家人的硬頸精神，「別想太多，去做就是了」，才能成就這篇篇斐頁，讓作品集一本接一本的出版。

寫作是一項基本能力，也是人我間溝通的方式之一。寫作並不是為了成為作家，所以只要能將所思、所見、所聞，清楚明白的表達即可。現在的孩子們，在表達上的欠缺，對於文句段落意義的理解，常抓不到重點，都讓我們擔憂。看了這本作品集的學生們作品，我們的擔憂瞬間消失。寫景能有畫面，寫情能觸動心扉，寫理能頭頭是道。情景交融、情盡乎辭，篇篇都是用心之作。

《我把青春寫成書》即將付梓成書，內心滿滿感動與感恩。在推動閱讀與寫作的路上，秀嬌老師是我的強力後盾，由衷感謝！

【推薦序】

青春的扉頁

內壢國中老師　周美蓮

內中作文集的出版，是這個有情校園生活的最好見證。

從南門入校，一排壯觀的大王椰子矗立眼前，像是護衛校園的第一道防線。每每看到，總想起校歌「『巍峨』內中……」，它們就是最佳詮釋。再前行幾步，行政處室前面，小葉欖仁像張開雙臂，做了最殷切熱情的招待。

若依動線繼續行進，除了可以感受廊間的徐徐涼風之外，觸目所及，壁上或是學生抒情感懷的美文以及奇思巧慮的美術作品，或是師長龍飛鳳舞的各式書體，皆能吸引有心人士駐足觀賞。這種俯拾即是的美感薰陶，為3C產品過度盤據造成的貧枯心靈注入一劑劑清新潤滑。

校園占地廣闊，遍植樹木。像山櫻、油桐、台灣欒樹、鐵杉等等，依序妝點一年四季的燦爛。每日不同時段，總能看見師生三五成群在樹下棧道或漫步、或閒談、或嬉鬧、或據桌佔椅看書、畫畫……，因為樹多，還帶來各種鳥類。或欣賞它們斑斕的色彩，或聆聽清脆、古怪的鳴聲，都是校園生活很常見的放鬆解悶圖像。

活動中心靜態的講座、動態的競賽與表演，還有操場的跑道與籃球架，都是每日內中人除了教室學習生活的另一歡樂來源。

內中的孩子，在這樣集優美、燦爛、豐富的校園環境與文化中，所得到的浸潤與涵養，真真切切的反映在他們的筆下！揮灑燦爛青春，刻劃成長印記——他們，把青春寫成了書！

【主編序】

寫作，讓世界看見我們！

內壢國中老師　楊秀嬌

因為閱讀，我們看見人生的悲喜、世界的寬廣；因為閱讀，我們豐盈了人生、智能獲得成長；因為閱讀，我們理解人類生活文明與文化特性。閱讀，讓我們看見世界的美。

因為寫作，我們用筆敘說人生的喜、怒、哀、樂；因為寫作，我們用筆記錄世界各地的風土民情；因為寫作，我們用筆留下智慧的結晶、思想的果實。寫作，讓世界看見我們！

國中時期便將文章投稿到報社的我，嚐到作品被肯定的甜美滋味，夢想著有一天可以出書，但經過三十多年（在二〇一〇年），終於出版個人第一本文集——《編織人間情》。因為有「出書」的發想，也希望學生的學習過程中能留下一些美好的回憶。所以在二〇一一年便著手收集學生作品，分別在二〇一三、二〇一五、二〇一七年陸續主編出版了三本學生作文集——《那一年，我們十三歲》、《少年十五二十時》、《青春，在下個街角》。今年再次集結學生作品，出版第四本學生作文集——《我把青春寫成書》，這是在十年前從未想到過會發生的事情。

閱讀與寫作，讓我們與學生看見世界的美，也讓世界看見我們的美好。在內中擔任閱推動教師五年來，非常珍惜這份和閱讀團隊共同指引全校學生往發現世界之美的路程前進的機會。這一路走來，也讓我越來越有「學生就是老師最好的作品」的感受。當學生因為上閱讀課，而樂意與我們分享閱讀心得時，我們的使命感便告訴自己要更努力在閱讀的園地裡澆灌，讓智慧的種子發芽、扎根、成長、茁壯。也因為鼓勵學生寫作，給予發表的舞台，看見寫作為學生帶來的自信心，就知道國文老師上輩子不是做了什麼壞事，這輩子才要改作文，而是要認為上輩子救了人才有福份當國文老師。因為許多作家之所以成為作家，就是因為國文老師的一席話，作家黃春明、王文華、張曼娟……就是最佳的明證。如果說閱讀能讓人越來越有智慧；那寫作就會讓人越來越自信與快樂。

這本《我把青春寫成書》共有一三〇篇九十位學生的優秀篇章，感謝全校國文老師用心批閱段考作文，加上紀于蔓同學的插圖設計，以及全校師生共同票選書名與提供此書名的李作帢同學。感謝祺文校長及紫文主任在閱讀推動及寫作教學上的全力支持。這本書的完成處處可見全校師生共同努力的痕跡，可謂「眾志成城」完成任務。

學生作品雖然不一定文采斐然，但紀錄了他們年少時光的二三事，值得好好珍藏，留予來日話當年。謝謝這一路上遇見的貴人，在此要特別感謝知名作家陳銘磻老師及閱讀推動的前輩吳韻宇老師為文推薦，能夠獲得著作等身的大作家及超級閱讀磐石推手的鼓勵，是內壢國中與我們小小作家的榮幸。另外，還要感謝著有《飄移的起跑線》、《故事學》、《就怕平庸成為你人生的注解》等暢銷書的歐陽立中老師以及閱讀磐石推手童師薇老師、薛慧枝老師、魏伶容老師、何憶婷老師的真情推薦。但願這本作文集能再次為徘徊在作文路上的眾多學子帶來些許的啟發，也希望內中小小作家的努力能讓世界看見！

目次

選文主題：那一次，我哭了

選文主題：班班有冷氣之我見

選文主題：先別說不

選文主題：差不多先生仿作

選文主題：我童年時最喜歡

選文主題：常常，我想起……

選文主題：從心出發

選文主題：如何在生活中落實性別平等

選文主題：在這個季節裡，我喜歡……

選文主題：從一個社會現象談起

選文主題：幸福・知足

師長文采

選文主題：
一次逛市集的經驗

一次逛市集的經驗

利怡蓁

小時候，最喜歡和外婆手拉著手，一邊哼著輕快的曲調，一邊雀躍的蹦進市集的入口。在這裡，我能享受屬於南部的陽光，曬在皮膚上，總有著熟悉的暖。這是記憶裡最喜歡的事情。

不絕於耳的叫賣聲，此起彼落，但它們總要搭上一陣食物的氣息，才顯得完美！果然，不一會兒，耳邊便傳來巷口那攤賣著烤玉米的叔叔，慎重其事的宣布：「香噴噴的玉米——來買哦！」在那時，這簡直是世上最動聽的嗓音，吸引著我一再光顧它的美味。

當然，市集裡怎麼能缺少它的靈魂人物——賣菜的小販呢？那帶有濃厚鄉音又渾厚有力的叫喊，每每使我震懾不已，屈服在他們的魅力四射下掏錢買了好多菜。

但是，我來到北部了。

跟著媽媽踏進超市，我感受到了一絲不苟的及「標榜衛生」的寒冷。一個又一個高聳的冷凍櫃下，人群跳動著一顆又一顆炙熱的心，但吐出的話語卻是一句又一句冰冷的「借過」。沒有交談，只有買賣。又隨著外婆初次造訪這裡的市集，我才發覺，我如此想念遮雨棚外的太陽。只是熱情依舊不減，但好似少了什麼，讓人覺得在熱鬧與喧囂下，藏著一個孤單又寂寞的我。

賣衣服的阿姨，不再使我從中找到熟悉；推銷蔬果的菜販，更不再是那麼渾厚有力。而那一把接著一把的洋傘，彷彿告訴我——陽光在這裡不受歡迎……。

這一次逛市集，使我開始畏懼，畏懼走進的市集，畏懼走進心裡深刻的回憶凸顯一絲絲無助。原來想念是如此無遠弗屆，如此令人心牽。

一次逛市集的經驗

張峮方

住在大都市中，生活總是忙碌又緊湊，偶爾的忙裡偷閒，已是得來不易的小確幸。我在假日時總是待在家裡，忙著平日沒做完的事物，有時實在是煩悶到受不了，才會出去走走，看一看平常從未仔細注意過的城市風景。

右轉，左轉，再直走，我沿著導航的路走著，本想去一個沒有去過的圖書館瞧瞧，卻意外發現了一條用紅磚鋪成的小道，我莫名的受到吸引，向裡面走去。琳瑯滿目的攤位猛然進入眼簾，三三兩兩的人群在一旁漫步，我這才知道我進入了一個小市集。

雖然小，卻意外的熱鬧，叫賣的聲音此起彼落，老闆熱情的推銷著商品，一群孩童在一旁玩耍。這裡的每個人都掛著燦爛的笑容，使我忍不住想要一探究竟——這市集到底有什麼魔力？我往裡面走去，一邊走一邊細細品味著所有人事物，但在不知不覺中，我也揚起了嘴角，勾起一抹微笑，彷彿只要進入這裡，就會被裡面的陽光氣息感染。

我一直以為都市就是忙得沒日沒夜、無法休息的地方，直到意外走入了一個小市集，才知道都市不是只有沉悶，有更多的是歡笑。那市集有如一個小小的世外桃源，在疲倦了的時候，到這裡走一走，勞累全部都拋到九霄雲外、一掃而空，改用歡樂與愉悅填滿。

如果你住在都市；如果你感到疲倦；如果你覺得生活了無新意，那不如暫時放下手邊的工作，抬起頭看看四周，或是出門走一走，或許就會看到一個屬於你的世外桃源。

一次逛市集的經驗

張晏禎

市集是個人多、熱鬧的地方，而我剛好是一個不喜歡人擠人的人，所以很少去市場這類地方，因為在我的印象裡市場，永遠有一堆婆婆媽媽在推擠、大吼大叫，可是因為一次的校外教學，讓我改變了對「市集」的看法。

還記得七年級那次校外教學，我們來到了宜蘭的傳藝中心，一開始我還不知道這裡主要的活動是什麼，同學說：「就是逛老街呀！」而我內心的想法是為什麼我們要去這種無聊的地方，去了之後，才發現我錯了。

一開始我們就去參觀一些閩南式的三合院建築，原本還想說可以看到以前人的生活，沒想到一進門全部空空如也，這讓我更加失望，沒多久導遊讓我們自由活動，而好玩的也才從那時開始。

老街有許多各式各樣的店面，有賣糖蔥餅的、木屐的、照相店……，而令我印象最深刻的是那家不起眼的雜貨店，賣很多小時候曾吃過的糖果、零嘴，讓我忍不住買了好多，他們依舊是我記憶裡的味道，雖然比不上平時吃的糖果、巧克力，但古早味的零嘴，卻讓我回憶起小時候的歡樂時光和那些只有小孩才懂的遊戲，這讓我完完全全改變了對「市場、市集」的看法。

經過那次的校外教學，讓我學到凡事不能以偏概全、先入為主，可以先去嘗試再評論一個人或一件事，會發現其實事情也沒有想像中的那麼糟，不然可能會錯失許多學習和體驗的機會。

一次逛市集的經驗

陳立晴

還記得那年寒冷的冬天，滿心期待著的寒假，我們與通信的學伴第一次相遇。不同以往與家人手勾著手一同去菜市場買菜，往往總是由父母張羅著一切事物，像要買什麼？多少錢？但是這次不同了，是跟同學還有學伴們一起——去買菜。

國小五年級的寒假，我們導師籌備了一場特別的交流活動，要與通信了一學期政大實小的學伴，來個校際交流，他們一早就搭了火車從台北遠道而來，帶著大包小包的來到我們學校。在我們熱烈的歡迎與交流之後，緊接著終於輪到大家最期待的重頭戲——煮火鍋。只有兩班的導師，領著一群滿心期待、生龍活虎的孩子，走到附近的黃昏市場採購需要的食材，我們五六個同學一組一組的分開行動，有人負責帶路；有人負責掌錢；有人負責看顧食材。原本交由父母親打理的一切，今天都由我們一手包辦，因為我們才是逛大街的小大人們。

外頭寒冷的天氣，擋不住市場攤販們的熱情，此起彼落的叫賣聲，也是市場最有人情的特色，尤其是那群最熱情滿溢的市場阿姨們，每當看到我們這群小朋友一經過，總會一邊賣力地展現親和力，一邊不停地對我們招手微笑，但是，如果只想單單用微笑、招手與親和力來招攬我們這組，讓我們買單，那可難了！因為我們這次買菜的原則是「精打細算」，目的是為了豐富食材多樣性與品質，然後也想花點錢買幾瓶飲料來喝，只有當我們走到豬肉攤前，看到那肥嫩嫩的三層肉，才忍不住先暫時放下原則，豪邁地買下去，因為大家都想嘗嘗「汆燙三層肉」的美味，覺得花那錢也是應該的！

結束了這場有趣的菜市場之旅後，再以最特別的「汆燙三層肉鍋」結束了這場火鍋之夜。還記得那晚煮火鍋時，話題依舊停留在去買菜時的瑣事上，有討價還價時的趣事，還有人迷路的烏龍事，如今再回憶，依舊記憶猶新，令人念念不忘。

一次獨當一面的採買，我們從中獲得了買賣的經驗與不同的生活體驗，學習獨立，從中成長，可說是一舉多得呢！

一次逛市集的經驗

賴羿嘉

小時候，最愛的假日活動就是全家一起去逛夜市。無論是為了飽餐一頓還是只是走馬看花，都別有一番風味。

最令我印象深刻的是一次在忠孝夜市逛街的經驗。傍晚五、六點時，我們全家在夜市的道路上漫步，夜色雖然漸漸暗下來，但攤位上都是燈火通明，絲毫沒有夜深人靜的感覺。反而愈晚，人潮就愈多，攤販的叫賣聲也就愈大，整條街顯得更熱鬧了。

叫賣聲此起彼落，抑揚頓挫的聲音夾帶了一點鄉土味，整個夜市給人一種溫暖的親切感，這樣子的感覺，遠遠勝過在百貨公司裡的虛華或似真非真的推銷。夜市裡「臭豆腐就是臭！」也不會有人把它說成香的，完全就是以食物的特性來做最真誠的推銷。

在走過這條街，好幾十家的攤販都同時向我們招手，每家的食物都吸引我們的目光，這時的抉擇也是很重要的，當我們決定了下手的目標，滿足了口腹之欲後，口舌的貪婪又往往被下一道美食勾起，總要掏光口袋才能壓抑這份渴望，然後撐著飽肚，後悔沒多帶些錢出門。

逛夜市對我而言是一種休閒活動，而這種活動滿含豐富的情感以及精彩的說唱藝術，每家攤販都將自己的情感以叫賣聲來訴說給我們聽。對我來說，每逛一次夜市就是一次的旅行，而一次一次的旅行都有著獨特的意義。

選文主題：
一個令我後悔的決定

一個令我後悔的決定

于子涵

人的一生中，總有許多時候要做決定，而有時，我們會因為一念之間的選擇，從此留下悲傷的回憶。而我，就犯了這個錯誤。

小學五年級，本該是一段充滿青春與純真的時光，卻因為參選「自治市市長」，打破了原本的美好。起初，是開心的，競選團隊的每個人都配合得天衣無縫，深受看好。選前一天，本來依約還要前往幾個班級做宣傳，但有熱心的候選人告知當日已不能再從事競選活動，一時晴天霹靂，怎麼自己班上的導師和其他導師都不知道這條規則？我的內心陷入一片混亂，毀約？赴約？最後，某一班學生特別跑來找我們，不得已就硬著頭皮上了。

投票結果出爐，我以兩百多票勝選，聽到放學時的廣播，忍不住的開心；然而，一個小時後，班導告訴媽媽，因為逾時競選活動，可能會取消當選資格。我，崩潰了，從沒那麼哀傷過，我痛恨那些老師的不誠實，也懊悔自己的猶豫不決，要是當時能堅定自己的抉擇，哪怕是受到一些不滿，哪怕是經歷一些風波，都遠不及這不能承受之重。

如果，一切可以重來，可惜，並沒有如果。這件事讓我學到很多，從參選、取消當選到恢復自治市長資格，這一路都是寶貴的經驗，未來絕不重蹈覆轍，十一歲的我這樣叮囑自己。

個人在作決定時，請務必再三思考，因為成敗你得自行負責，切勿因他人干擾而打亂思緒，希望我的經驗，能讓大家有所體悟。

一個令我後悔的決定

杜珮瑀

人生中我們會面臨無數個十字路口，並做出無數個決定，這些決定可能是自己衡量過後的結果，也可能是聽取他人的建議，甚至是胡亂選擇的答案。而這些決定的共通點便是無法重來，可能產生令人後悔不已的遺憾。我的人生中令我最後悔的決定發生在小學五年級。

當時上完課疲憊不堪的我，拖著沉重的步伐回到家，才突然想起那一天是五月的第二個星期天——給予媽媽感謝的母親節。我趕緊寫完功課、洗好澡，準備給媽媽一個驚喜，並期待著媽媽收到禮物的表情。

玄關的門亮了，我變得更興奮了，只想在看見媽媽的第一眼就給她一個擁抱。然而，映入眼簾的是媽媽憤怒的臉，「你為甚麼鞋子又亂擺，外套又亂丟？我都講多少次了？」我如同被潑了一大桶冷水，呆呆的看著她，隨後做了個永遠不該被原諒的決定——把辛苦做好的母親節禮物丟入垃圾桶，然後甩上房門。

倘若我當時體諒一下她工作的辛苦，我會決定把自己情緒放一邊，好好安慰她，給她冷靜的時間。每次想到那次母親節，懊悔和自責就排山倒海而來，再做一次決定的渴望占據我的腦海，當日的情境成為我每次的夢魘。

從此之後，在碰上人生中的十字路口，我總會一而再、再而三的思考，提醒自己覆水難收、時間是無法倒轉的，為的就是避免再出現一個令我後悔的決定。

一個令我後悔的決定

林青玫

在小學三年級的時候，我因為和好朋友吵架，當時的我說出了一些非常傷人的話，導致我和她的友情碎裂，那時的我常不諒解對方所做所為，也時常生她的氣。

經過一段時間後，我冷靜地想了想這件事，當時的我被情緒牽著鼻子走，所以才講出那些難聽又傷人的話，正因為我當時的那些話，我們的友誼沒了，我才發現原來情緒這個東西很可怕，也經由這件事我才理解到：不要因為一時衝動而說出讓別人難過的話。

我想道歉，但沒有勇氣，心裡想了好幾百遍要道歉，但始終拿不出那份勇氣，我也因為這件事而失眠，在失眠的期間，我不斷的想要怎麼拿出勇氣和她道歉，這念頭一直在腦中盤旋，但我還是沒來得及道歉。

如果時間能夠重來，我願意為了我們的友誼控制自己的情緒，我也不會重蹈覆轍，只可惜時間一去不復返，我要為自己所說的話負責。終於真正了解到：「人只有在失去的時候才懂得珍惜」這句話的意思，或許人就是要從一件一件的事去了解人生的道理吧！

一個令我後悔的決定

林宥彤

我的爸爸在公家機關工作，雖然也算是公務人員，但是感覺上就是和姑丈那種一般的公務人員不太一樣，因為他回家的次數總是比較少，工作量總是很繁重。

我的家人很多，我有很多表堂兄弟姊妹，我們常常一起在爺爺家前的空地上玩，爸爸們總是會陪著他們玩鬼抓人、騎腳踏車或是玩躲避球，但是我的爸爸卻總是缺席，那個時候我真的很羨慕他們。

有一天爸爸終於久違的回來了一次，但是我卻一直悶悶不樂、愁眉不展，爸爸好意的關心我，問我怎麼了，我也不開心。本來很想體諒爸爸工作辛苦的我終於在那一刻崩潰了，眼淚像水壩洩洪一樣不停的、瘋狂的流出來，我決定將心中的疑惑、芥蒂向父親宣洩！我用充滿鼻音的聲音，狠狠訴說了我的不滿：「如果你只想要工作，就不要回家；如果你不喜歡我們，就不要靠近我。」說完就馬上跑回房間以淚洗面。

好不容易心情平靜下來的我，慢慢的仔細回想事情的經過，一想到又想要哭，但是我突然又覺得很心痛，好像犯了什麼滔天大罪無法被自己接受。原來我後悔了，明明爸爸是這麼努力的工作，犧牲陪伴我們的時間養家糊口，身為家中的砥柱，他一定也想陪伴我們，參與我們成長的每一刻，但是因為工作，他不能，所以他才會在百忙之中抽空來陪伴我們。我真是不懂得珍惜，竟然用這樣的方式對待爸爸的好意。一直這樣想的我，陷入了後悔的情緒。

真希望時間能夠倒轉，這樣就能夠再回到傷害爸爸的前一秒，希望能夠挽回。如果時間能夠再倒轉，再替爸爸多想一點，我一定會緊緊抱住爸爸，感恩他為這個家的付出，因為他付出的一切使我們能夠不愁吃穿，安心的過日子。可惜那時的話卻永遠也收不回來了，因為時間是無法重來的，這也成為了一個令我後悔的決定！

一個令我後悔的決定

邱婧貽

「決定」這兩字很容易寫，但如果要實踐，可就有一些難度了。

在小學四年級的某一次下課，背負著班長這項職務去交報告的我，在走回教室的路上，我的好朋友飛奔的拿著一張看似廢紙又不是廢紙的東西跑了過來，上氣不接下氣的說道：「有……有妳的信。」我接過她手上的紙，打開一層層的皺褶，裡面有好幾行我再熟悉不過的字體，搭配國字及注音的寫，讓我看得頭昏眼花，總之，是一封情書。當下的我，卻因為怕同學恥笑，走回教室，在他的面前把那封情書撕掉了。

現在想想，感覺心中的愧疚還依稀存在，絲毫未減，其實，撕下的那一瞬間我後悔了。或許，那一撕，使我們兩人一起建立的兩年友情也順著紙的裂痕消失殆盡了；或許，那一撕，並未徹底的讓這流言消失在這世界上；或許，那一撕，造成他心中永恆的傷痛和我內心多年的愧疚。每次，我都在想，如果能夠時光倒轉，我會用委婉的語氣，表達自己心中的想法；如果能夠時光倒轉，我會極力挽回這件事的結局；如果能夠時光倒轉，我會讓流言在這世上徹底消失。

其實，「選擇」和「決定」都一樣的重要，沒有「選擇」，怎麼會有「決定」？所以，在選擇時，請一定要想一下決定的後果，以免像我一樣造成無可挽回的結果！

一個令我後悔的決定

侯予晴

從小，爸媽為了培養我的音樂能力，幫我報名了鋼琴班，從完全不會到熟能生巧，一轉眼，已經學了兩年多，達到可以去比賽的水準。

比賽那年，是我七歲的時候，也是我要上小學的那一年，在老師提議下我去參加比賽，內心雖是雀躍不已，但也很猶豫忐忑。一方面因為已經是一個要往課業方向前進的階段了，一方面又想著我鋼琴學了這麼久，不就是為了等待這一刻嗎？若是就這麼放棄了，那我前面努力了這麼久，是為了什麼？

最後，我選擇的是：「放棄」，就一個放棄，讓我後悔到現在。當初要不是因為這兩個字，或許我現在已經是一位琴藝不錯的高手了，也是因為這兩個字，讓我徹徹底底的放棄了鋼琴。從七歲那年到現在，我已經不知道有多久沒有碰到我曾經深愛的鋼琴了，並且令我後悔莫及。

如果人生能重來，我寧願不曾學過鋼琴。俗話說：「昂首闊步不留一絲遺憾」，因為這樣的話，它就不會成為我心中無法忘記的後悔，也不會成為我心中那個藏得很深很深卻無法實現的鋼琴夢，我現在終於知道，因為一個小小的決定，而造成了一輩子的後悔了。

一個令我後悔的決定

曹芳瑜

國小畢業前幾個月，我和兩個同學跟另外一個很要好的朋友吵架，而這件事也令我懊悔不已，因為她有時候會私底下講我們的壞話，也因為這樣，讓我覺得很失望又無法諒解。

原本，我們有四個很要好的朋友，常常彼此合作、互相鼓勵，不過這樣的景象到畢業前幾個月消失了。當時我們一天也沒講幾句話，眼看畢業將近，我不想在畢業前留下這個遺憾，但又拉不下臉，不知要怎麼和對方說話，直到現在我回憶當時的景象還覺得很遺憾，怎麼沒有把握當下和對方和好呢？畢業當天我們終究沒有交談，也可能是因為我們太久沒有講話了，不知該聊些什麼。

也因為這樣，我開始後悔當初我們為何沒解開雙方心中的鎖，雖然對方有不對的地方，但我們並沒有真正的理解到對方的感受，直到畢業典禮結束後，我對於自己的選擇感到非常後悔。

如果可以重新來過，我的選擇一定不會是這樣，我會試著和對方交談、互動，這樣也許就不會造成遺憾，雖然後悔做了這個決定，但希望我們都可以體會到對方的心意，為這個遺憾補上完美的句號，因為「沒有怨恨的青春才會了無遺憾。」

選文主題：
彎腰是最好的姿勢

彎腰是最好的姿勢

利怡蓁

最好的姿勢是什麼？又或者最讓人感到美好的姿勢是什麼？有時候，一個不起眼的小動作會讓一個人成為光芒萬丈的星，而那顆星星於我，是彎腰。

彎腰，是一份「由衷」。即使這份敬意多麼渺小，也許你認為可有可無，沒有它，地球仍會轉動，社會仍在進步。但是冷漠的轉動，沒有意義；冰冷的進步，只是徒增毀滅的風險罷了。

那一年是台南人的惡夢，地震無情的、太輕易地震碎了無數人的一生，輕易得令人心碎。沒有了夢想，沒有了家。但是我卻在渺小的地方看見了希望，屬於每個人的希望。

那個月，好多好多人拿著剛到手的壓歲錢，不用作添新衣，不用來買消遣，他們選擇用手上的鈔票成就一份「愛」。這樣的愛究竟有多美？絕對是數字計算不出、言語無法形容的。人們用無溫度的科技，在便利商店傳送他們最炙熱且深刻的愛，無限蔓延，觸動了每個人的心。因為在那天，我看見，不論是帶著耳機的少年、啜著咖啡的上班族，無一不用眼神訴說他們的敬意。但那天真正震撼我的，是店員一個接著一個、不停的——彎腰，以及人們互相鞠著躬的感動。

在這凜冽的冬，卻在一間小商店使我如沐春風，因為這份「彎著腰的祝福」以及「彎著腰賺來的努力」，我感覺，冰冷的銅幣攢在手裡都是溫暖的。

彎著腰、躬著身的我們其實都是耀眼的，有時候，有些價值是超越金錢、不僅止於禮貌的重要。它讓地球的轉動更有它的獨特，社會邁出的每一步都充斥著人情以及彎著腰的自信！

人類可以很渺小，也可以很偉大，怎麼定奪？憑你的姿勢而定！所以彎腰是最美好不過的姿勢，願台灣，從頭到腳，都是美！

彎腰是最好的姿勢

胡樹傑

微風徐徐，清爽怡人，我帶著一顆閒適的心，在大街上尋覓著那人間仙境，街上空無一人，只有路邊那簇艷麗的花朵，和翩翩飛舞的蝴蝶相伴，蝴蝶見到人來，停下了手邊的工作，熱情的招待我，又飛向遠方，與我介紹這片屬於牠的世外桃源。就這樣，我被帶到了一旁的公園，剎那間我墜入了童年的回憶。

在我年紀還小時，曾有一位十分要好的朋友，他十分優秀，我與他相較之下簡直猶如爛泥。我與他經常相約到公園談天說笑，互相分享生活中的小確幸。然而這樣一位「友直、友諒、友多聞」的真心好友，卻因為我的一時不小心，將他的秘密告訴他人而離開了我。但我當時並不認為自己有錯，心高氣傲的我認為這只是不小心而已。

我悲憤交加地走回家，沿途的風景都變了樣，路上的每一顆石子都在嘲諷著我的愚蠢。路過一間雜貨店看見一位老奶奶彎著腰，向那個被她撞到的年輕人道歉，然而年輕人不肯罷休，咄咄逼人的朝那位老奶奶投以各種兇狠的字句。周邊圍觀的民眾都在竊竊私語，最後那年輕人羞愧的騎車走人。老奶奶彎著腰向周遭的人道謝，她謙卑的模樣，在夕陽的照射下顯得格外溫柔、美麗。在她身上，我看到了最美的姿勢，那就是謙卑的「彎腰」。

古人云：「竹解虛心是我師。」連竹子都懂得謙虛，為何人們卻不知呢？很多人都認為「彎腰就是低頭」，而我不以為然，真正飽滿的稻穗，何嘗不是彎的？因為懂得彎腰，我挽回了一段珍貴的友誼，也使自己成為了更好的人，彎腰恐怕是這人世間最好的姿勢了。

彎腰是最好的姿勢

徐利泙

「彎腰」這個動作是日常生活中常見的，平常撿掉在地上的東西時需要彎腰；做家事時需要彎腰；收拾地上的玩具時也需要彎腰。但彎腰這個動作其實還別有意涵……

待人要有誠意，做錯事時要能彎腰道歉，表達誠意。有一次因為走路時沒注意，不小心撞到一個人，我馬上彎腰道歉，表達歉意，原本怒髮衝冠的他，很快就原諒我了。

有一個更令我印象深刻的事情：曾經在日本旅行住了一間價格不高且不起眼的飯店，但一下車就看到飯店人員站在門口禮貌又親切的向我們問好，並彎腰行禮，而當我們退房要走出飯店，他們又再次彎腰行禮送別。雖然不是一家高級的飯店，但服務人員還是用最恭敬的態度，行禮表達尊重和感謝，不僅讓人感到親切和熱情，也讓我們對這家飯店留下很好的印象。

在運動場上，運動員不管有沒有獲勝，也要鞠躬下台。得獎的人以彎腰向觀眾表示感謝他們的掌聲，沒得獎的人以彎腰向觀眾表示感謝他們的支持，在在讓人感覺謙虛、不自滿，這些彎腰的表現令人讚賞及感受到誠意。

有句名言：「愈飽滿的稻穗，垂得越低。」這句話提醒我們做人要懂得謙虛，而彎腰的表現即是給人這種感覺，彎腰還可以拉近人與人之間的距離，所以彎腰是待人處世最好的姿勢，不僅展現誠意，也給人一個很好的印象。

彎腰是最好的姿勢

徐震宇

一個人的生活中，可能有無數次的機會彎腰，有時是為了拾起掉落的物品；有時是和人低聲下氣的道歉；有時是因感謝而彎下了腰。但是最重要也是最不為人知的是，彎腰一個動作，可能可以改變現狀、創造機會。

從盤古開天到有文字記錄以來，思想家們首先思考出的可能都是有關忠、孝、仁、義、信……等的，但其中最平凡也最特別的就是「禮」。

那，這又和彎腰有什麼關係呢？

「禮」可以表現的動作有很多，拱手、讓道，但彎腰不一樣，它包含了放低角度觀察自己、反躬自省和低下身子、放軟身段。好比麥田裡一串串的麥穗成熟，飽滿的它們便愈垂愈低，可使勤種的人們獲得辛苦的酬報及溫飽。然而，當一株「麥穗」挺得愈直，愈不會被注意，因為農人們得知，還沒「熟成」的它，不能「採收」。

這些寓意都能投射在生活中！一個業務員為人謙和、態度友善，另一個雖笑容滿面，卻自尊心強、完美主義和得失心重。自然，後者便少了許多合作機會。

「海納百川」、「宰相肚裡能撐船」、……都是古代聖哲仔細思索、告誡世人的話。俗話說：「坐而言不如起而行」，比如我們受了別人的幫助，我們可以抱著「彎腰」的心態道謝。當然，所謂彎腰，並不只是感謝、謙和，更表示對人的恭敬和尊重。因此，「彎腰」不僅僅只有簡單的涵義、層面，而代表一個人的心態、品性、修養和處世態度！

彎腰是最好的姿勢，也代表著「態度」，因為無時無刻不存著感恩、感謝的心才是為人處事最好的方法。「滿招損，謙受益」、「樹大招風」都印證了前人所留下的生活智慧。希望「謙虛」和「彎腰」，我能時常放在心上，才能給我更多正面影響！

彎腰是最好的姿勢

陳立晴

還記得前陣子的羽球賽，那時每每午飯時，老師總讓我們配著飯觀看各種羽球比賽的影片，其中老師提到某位他很欣賞的羽球名將，雖然不是打得最好的，也不是球壇最耀眼、引人注目的，但是每場球賽不論輸贏，他所展現的修養、品德，可謂最高，就是那九十度的國際禮儀，代表著感謝他人之時也充斥著個人魅力，一種謙虛的表現——鞠躬。

從小到大征戰過無數場比賽、各種項目，不管是對手或者裁判，從賽前的敬禮握手，到賽後再次的敬禮握手，都已成為每位選手必須知道的常規。記得小時候參加一場擊劍比賽，當比數來到九比九雙方進入賽末點時，場上面罩下的我是早已淚流滿面、泣不成聲，只因為當時被對手刺得很痛，那場比賽我終究是輸了，而當對手跟我彼此都脫下了面罩，再次向對方與裁判行禮，抬起頭四目相對的那一瞬間，我們又變回了充滿燦笑的兩個女孩。彎下腰時早帶走了痛，帶走任何仇恨，當我們再挺起身，是迎向下次挑戰最勇敢的笑容。

與個人賽不同，經歷出去參與籃球賽的洗禮，我們代表的是一所學校，一個團隊，而我也始終記得，國小生涯的最後一場比賽，雖然還是不敵勁敵忠貞國小而落敗，賽後就算全隊早已哭得唏哩嘩啦，心有不甘的淚水直流，仍齊聲為對手送上最誠摯的祝福，那一聲口令下的敬禮、喊聲，是那麼氣勢磅礴、百聽不厭，也是身為運動員最該有的修養——運動家精神。

輸贏早已成了其次，在任何時候，不管是比賽，還是在生活中，修養成了世界定義我們個人的標準。彎腰鞠躬，不是卑微的表現，而是展現風度的最好姿態！

彎腰是最好的姿勢

陳宇振

彎腰，是一種神祕的言語，透過「彎腰」我們可以更加了解彼此，像語言般坦誠，能得知對方的心理，甚至是內涵。

平常走在大街上，時常可以看到人們「彎腰」的舉動。例如：年邁的耆老駝著背在過馬路或是小孩子做錯事而鞠躬認錯。不過雖然同樣是彎腰，代表的意義卻大相逕庭，老人的彎腰呈現了對於世事的疲憊；小孩子認錯的彎腰意味著誠心的悔過；而農夫的彎腰則是為了家庭孜孜矻矻的辛勞。然而這些舉動雖然相同，卻展現了他們對社會及人生不同的想法。

但，有另一種彎腰不只表現了外在看法，更將自己的內在顯現，那就是「謙虛」。爸爸常說：「稻子雖然結實纍纍，卻不直挺，人雖然飽讀詩書，卻要懂得謙虛，切勿驕傲自大。」我的看法也是如此，學問之淵博，世上還有很多不知曉的知識，而我們知道的只是冰山的一角罷了，不必驕矜。我想做人也該如此，不要以自己的學識天賦比他人高而欺辱他人或貶低他人。

「彎腰」是悔悟，是道歉，是最好的姿勢，我們在彎腰的過程中，可以更加學習到許多事情，甚至是人生的哲理。

彎腰是最好的姿勢

溫琬玲

俗話說：「愈成熟的麥穗，頭垂得愈低。」相對於大樹而言，地上的小草更能夠在強風暴雨中求生存，不是因為它卑賤，而是它懂得「彎腰」。

這就好比在我們生活周遭，一定也有很多個性倔強、愛面子的人，要他們把頭低下來彎腰鞠躬，簡直難如登天，或許要他們解釋，會把這「站姿高挺」的行為視為一種骨氣，其實這只不過是面子掛不住的一種推託之詞罷了。

相較於前者，懂得彎腰的人並不代表他沒骨氣，更不表示他會淪為次等公民，在這人權意識抬頭的時代，每個人都可以享有自己被法律所保障的各種權利，若有一天，社會上的人民高至行政首長，低至撿回收的老人家都選擇獨善其身、所謂「有骨氣」的行為，這個世界終將毀於一旦。

彎腰，不僅只是一種姿勢，更是一種處世的態度，舉凡生活大小事，皆須向別人低頭彎腰，它代表著感謝、關愛、謙卑、悔改等多方面的含義。若今日有人不小心打翻了你的物品，隨即向你彎腰鞠躬認錯，相信你的心裡也會舒服許多。所以，將心比心，懂得適時的彎腰，這個世界會更美好，因為「彎腰」是最好的姿勢！

彎腰是最好的姿勢

葉郁欣

為什麼彎腰是最好的姿勢呢？彎腰，在不同的事情上代表著不同的含義，有時候，僅僅是因為「彎腰」這個動作，就會引起別人對你不同的看法。

那麼，彎腰代表什麼？撞到別人彎腰道歉時是誠意的表示，在外用餐完，服務生彎腰問候是表達感謝……。那麼，如果不彎腰，會造成什麼影響呢？有些人可能覺得無所謂，但，有可能這就是你和他人之間的差距。

有一家公司，正在招募人才，因為薪資高，且待遇好，所以大家都去面試。有一對大學剛畢業的兄弟也去了，兩人課業成績都非常好，但哥哥撞到人都會彎腰道歉，而弟弟卻沒有「彎腰」這個習慣。面試時，地板上放了一支掃把，且沒有面試官來。有些人只是疑惑的跨了過去，當然，弟弟也沒有例外。輪到哥哥時，卻是走過去彎腰撿起掃把，便輕鬆通過面試，成為這間公司的主任。弟弟問：「你是怎麼通過的？」哥哥笑著說：「彎腰。」

有些時候，彎腰雖不代表一切，但，想成為一個成功的人，必須先「彎腰」。「愈成熟的麥穗，愈懂得彎腰」，彎腰也代表著個人的內涵修養，下次，遇到困難時，就先「彎腰」吧！

彎腰是最好的姿勢

賴羿嘉

有人說：「愈成熟的麥穗，垂得愈低。」彎腰，是一種禮貌、一種態度，更是一種待人處事的原則。

在一次比賽中，當時的我已準備得十拿九穩。果然，比賽的表現可圈可點，我如釋重負的下了台後，寫在臉上的是藏不住的驕傲。正當我滿心期待的查看成績時，不料，成績並無想像中的高，再斜眼瞥到旁邊的備註欄，竟寫著：「上下台未敬禮，斟酌扣分。」我當下心理其實是氣憤的，敬禮有那麼重要嗎？我表現得不錯，就因為這件「小事」而毀了我的成績！我持續抱持著這種想法直到我拿到評審寫的評語說明：「請尊重台下接受表演的人。」我才恍然大悟，似有領略到其中的道理。

經過這件事，我才知道「彎腰」是一種尊重，它可以是比賽的一部分。比賽中我只在意自身的表現，而忽略了對接受「我的表演」的觀眾表達尊重及感謝之意。若是不尊重這些人，他們何必尊重在台上表演的我；若是不感謝這些人，他們又何必感謝我帶給他們的表演呢！

學會「彎腰」是一種成長。它可以讓你擺脫驕傲所帶來的後果，不管你給別人帶來的表現是好是壞，唯一確信的是，他們知道你是謙虛的，這也是一種良好的印象。所以，學會彎腰是人生必須實踐的課題。

選文主題：
那一次，我哭了

那一次，我哭了

杜珮瑀

我從小的綽號就是「愛哭鬼」，跌倒了、撞到了、被罵了，都要滴幾滴眼淚。這個特性令大人們無可奈何，常被戲稱是「水做的」。即使經歷了無數次哭泣，但我始終忘不了深刻印在腦海裡的那一次。

當時，我還是無知的小學四年級學生。學校舉辦了年級活動——跳繩比賽，兩個人握繩，二十五個人跳。因為低估了這場比賽，覺得只不過是人數多一些的我們班，不屑於練習。最終比賽只得到兩分，為全年級最後一名。

於是，我們不服，綜合課、健康課……都拿來練習。我們努力不懈，秉持不放棄的精神，堅信團結力量大。一次次遇到瓶頸、一次次遭到責備，都成了我們繼續下去的動力。經過了半年的努力，我們證實了努力就會有成果——在下學期的第二次跳繩比賽，以六十四分獲得冠軍。

排名公布的剎那，我們集體擊掌歡呼、一起抱頭痛哭，多出來的六十二分，不是無中生有，怎麼來的，我們自己最清楚。我們成了別班同學心中的榜樣，其他老師眼中的傳奇。

那一次，我哭了。但我以它們為傲。閃亮的淚珠是一顆顆晶瑩剔透的珍珠，藏在記憶的寶盒裡。一打開，令人感動的景象在腦中浮現，彷彿回到那一次，喜極而泣的午後，交織著喜悅與感動……。

那一次，我哭了

林佑融

哭泣，是每個人都會做的事情，不論是為了男女間的感情，或是友情，抑或是成績。「哭」，是沒有錯的，但哭完，你有重新振作，擦乾眼淚，繼續跑著人生的馬拉松嗎？

我是一個多愁善感的人，而哭得最撕心裂肺的，就屬小學畢業那天了。那天是個風和日麗的好日子，可大家的心情，卻沒被感染，每人都明瞭——今天，就要分別。正要唱畢業歌之際，我的眼淚，便不受控制的滑落，雖然之前演練時哭過了，打算笑著跟閨蜜道別啊！不過，為甚麼我仍然掉淚了呢？六年的回憶，有如跑馬燈一一閃過腦海，不論是回想起來令人會心一笑的，或是令人火冒三丈的時刻，此時，都化為催淚彈，把我的心砸碎。當時只有想著，倘若能……回到過去，能不能跟因為缺少雅量而和起爭執的朋友道歉？能不能多和那些愛搞怪，卻能在我低潮時傾聽我的煩惱，並把我從痛苦的深淵拉起來的好姊妹多聊一會兒？只是……時光不能倒轉，而這些來不及做的事，也只能深埋在我的心中……。

哭泣，是人的本能，也是發洩情緒的方法，若壓力排山倒海的把我壓到喘不過氣，我認為哭是很能減輕壓力的喔！不過，哭完，也請你站起來，因為，人生有好有壞，克服壞事，剩下的，不就像甜美的果實，嘗起來令人愉悅嗎？

那一次，我哭了

林宥彤

每個人都會哭泣，大家哭泣的理由不盡相同。有的人是喜極而泣；有的人因為感動而哭泣；有人則因為難過而哭泣，不管原因是什麼，哭泣是人一種發洩情緒的管道，所以以某些方面來說，哭泣應該是一種好的事情吧！

我是個感性的人，但是讓我印象最深刻的一次，是我六年級拔河比賽決賽的那一次。我在國小階段的班級是五班，我們班雖然吵鬧，但是卻很有向心力。可是我不懂，我們班的目標那麼的一致，體重在全年級也是數一數二，但是我們班在五年級的拔河比賽卻連一場也沒贏過。對於不服輸的我來說，這是無法理解的。

直到六年級，我們都還是抱著盡力就好的心情來面對拔河比賽。但是這次卻出乎我們意料之外。我們一場接著一場的獲勝了，幾乎可說是百戰百勝。也許在那一刻，全班意志力和戰鬥力才由體內被激發出來了吧！終於，我們到了與七班的最後一戰，他們班也是個個身強體壯，絲毫不輸給我們班。我們兩邊一開始是不分軒輊，第二局是我們贏，而關鍵的第三局居然被他們拿下了。

那一次，我哭了。周遭的女同學紛紛跑過來安慰我。他們問我為什麼要哭，我只說手臂痛。因為我不想自己在那一刻徹底崩潰。但我不服輸的個性實在太令人懊惱了！所以到最後我實在已經分不出我是因為痛，還是因為輸而哭。

到現在我還是沒有弄清楚那一次，我哭泣的原因，也不曾向人提起，因為我不想讓人了解我脆弱和不服輸的那一面，但是那一次的哭泣讓我明白：我很愛我的同學們，因為我捨不得他們和我幾次不屈不撓的奮戰，卻沒有成果。所以我並不討厭或害怕哭泣，因為哭泣能幫助我更了解自己。在擦乾眼淚之後，我可以更真實的面對自己，迎向更積極的未來。

那一次，我哭了

邱翊淩

每一個人，應該會因為某些事情而難過，有些人是受傷而哭泣，有些人是喜極而泣，有些人是難過得淚如雨下，而我就是其中的那一個人。

事情發生在前年六月畢業典禮那天。我們這群小鬼頭要畢業了，老師帶著我們逛著校園，留下最後在校的回憶。路途中，我看到了很多學弟學妹的祝賀，像是鵬程萬里、畢業快樂、一帆風順……等，之後老師帶著我們前進活動中心，我踏著輕快的腳步進入畢業典禮會場。

典禮才開始，有些人已經哭到快不能呼吸，有些人很激動又興奮，有些人不耐煩地想快點離開。唱畢業歌時，投影片上出現了老師們錄的影片，看到我們老師時，那一刻，我哭了，眼淚不停地流，衛生紙一包接著一包，淚水就像打開的水龍頭一樣，怎麼停都停不下來，直到畢業典禮結束時，才止住了我的淚水，最後我們要離開時，老師也哭了。

這一天，雖然令人不捨而難過，但我們還是要擦乾眼淚，收拾好心情，繼續迎接下一個關卡，因為這一天只不過是人生中的一塊小小的拼圖，還要繼續勇往直前，迎向未完待續的人生！

那一次，我哭了

曹芳瑜

小學五年級時，因班上的第一場拔河比賽輸了，我哭了！

在比賽前老師不僅嚴格的訓練我們的體能，就連飲食方面老師也照顧到了，他一直不斷的替我們加菜，希望增強體力。雖然，當時我個子嬌小沒有參加這一場比賽，但一樣接受老師的訓練。

預賽將近，老師訓練我們的時間愈來愈多了，下課時全班就到教室外做一些體能訓練，做完後還要完成三圈的鴨子走路，而這個是要訓練腿部的肌耐力。雖然有些人對於這麼密集的訓練感到厭惡，不過還是硬著頭皮的做完了，每次訓練結束後班上每個人都氣喘吁吁的。

終於到了比賽當天，每個人都表現出非常緊張的神態，老師也在比賽前提醒大家幾個重要的動作。比賽時我們努力的為這些選手們加油，而同學也很順利的晉級，沒有讓辛苦訓練我們的老師失望。

一路過關斬將後，終於進了總決賽，我們和對手僵持了很久，經過兩場的拉鋸戰之後，比賽進入第三場，當對方班級全力往後一拉，裁判吹哨結束比賽，我們輸了！全班顯得相當失望，我不自覺落下失望的淚水，老師卻一直安慰大家，我們已經做得很好了，要大家擦乾眼淚。

經過這次比賽後，雖然與冠軍擦身而過，但賽後的檢討是非常重要的，哪裡做得不夠好，還有哪裡需要再努力及更合作的地方，就是希望下一次的比賽可以拿下更好的成績，我們不因失敗而放棄。

那一次，我哭了

許少昀

那一次，我哭了！掛念著即將和我的摯友們分道揚鑣，我們這一群莫逆之交，就要各奔前程，迎向不同的未來，心中不免有些感傷。

人生雖有悲歡離合，但到了離別之時，卻使人痛苦不堪，難以承受。回想在國小的畢業典禮時，老師真誠的祝福我們畢業後要多多加油，堅持到底，不要因為一點小事就成為阻礙人生的絆腳石，一蹶不振。這些勉勵的話語，讓我們感同身受，同時也令我十分感傷，這暗示著我們將要畢業了，我不禁紅了眼眶，再也忍不住那源源不絕潰堤的眼淚。

那一刻，我除了感謝老師外，當然還有一路上陪伴、照顧我的好友們，難以說出口的祝福，其實是根本不想面對分離，這些年來，我們一起玩耍，有福同享、有難同當，也曾經因意見不合而產生摩擦，回憶起這些扣人心弦的時光，歷歷在目，讓我們不約而同的嚎啕大哭，流下了不捨的淚水。

那一次的眼淚，是感傷的，也是甜美的，我們用淚水紀念了我們共同經歷的年少歲月，洗滌了我們純真的心靈，讓我們更懂得知福惜福，珍惜我們愛的人和一切美好的事物。也許未來我們還要面對更多的考驗，但相信這些都會成為我們成長的養份。

那一次，我哭了

陳威綸

哭，人性的其中之一。我是個愛笑的人，很少哭過。就連父母離異了，我也只是偶爾想起時才哭。但是，那一次的事件，我哭了。

還記得那是一個下著小雨，天空灰濛濛的日子。我踏進校園後，一片寂靜，連根針掉在地上都聽得到似的，也是，畢竟要月考了。雖然沉重與不安的氣息迎面而來，但我卻沒有任何壓力，因為我對自己非常有自信，根本就沒在怕，在考試的時候也一樣，毫無壓力的寫完了。

隔天，我一如往常地上學，一樣開開心心的，然而，當考卷遞到我手裡的時候，全身都顫抖了一下，眼前的景象快速地衝進腦中，我還沒反應過來，眼淚已滴滴答答的滴到考卷上了。平常考試成績都九十分以上的我，居然只有七十九分，那一瞬間，前一天玩手機的景象、家人大聲吆喝我讀書的景象，突然清晰地浮現眼前。我哭得更厲害了，眼睛就像水龍頭打開了一樣，淚水不停地奪眶而出。

人生有時真的會有意外，但不要沒做好準備就上場。當時的哭聲，至今還迴盪在我腦海中。從那時候開始，我發憤努力的讀書，不再留下意外的失敗與悔恨了。

那一次，我哭了

陳弈晴

上一次，為了哪件事？為了誰而落淚？是什麼時候？

那幾天天氣不太好，一整天都在陰沉沉的烏雲陰霾下度過。夜深了，我躺在床上翻來覆去，就是睡不著。腦海裡重覆播放最近發生的事情，先是和友人之間的摩擦，還有聽到媽媽因為擔心我的數學小考成績而落淚……一次又一次，我不知道真是因為這些「麻煩」使我感到心煩意亂，抑或是長久以來沒有發洩的壓力？我哭了……

窗外的烏雲也哭得好大聲，把我哭泣的聲音都掩蓋了。不知道過了多久，抬頭看看旁邊的鬧鐘，短針在一和二之間，秒針還是滴答、滴答的前進，我怎麼覺得時間過得特別快？哭累了，我進入了不安穩的睡夢中。

隔日，雨停了，似乎萬物也都被洗淨了。我覺得，或許我也該振作起來——告訴別人，我不會輕易被打倒！人生還很長，不應該只因為不小心跌倒擦破了皮，就半途而廢！

沒有下雨，怎麼會有彩虹？當我們遭受挫折時，可以悲傷，可以哭泣，但是悲傷哭泣之後必須擦乾眼淚、振作起來，繼續完成接下來的旅程。當被陰霾籠罩時，不要太難過，切記，陽光就在風雨過後！

那一次，我哭了

楊媛淇

每個人都擁有各種豐富的情感，無論大哭大笑大吵大鬧都是一種發洩突然暴發情緒的出口。但是其中「哭泣」是最難能可貴的。平時，不論是在家裡抑或學校，長輩及老師都叫我們學著堅強。但，有些時候，好好大哭一場，然後微笑，才是一種最不傷身體的好方法。

還記得在我上小學之前，爸媽因為工作忙碌，所以把我託給在澎湖的外婆照顧。每天，我都和外婆、外公以及小阿姨過著悠閒愜意的生活，簡直就是無憂無慮的真實寫照。因為如此，我一直黏著超級寵愛我的外婆，每天都像跟屁蟲那樣片刻不離開她，抱持著要和外婆走遍天涯海角的決心。

只可惜計畫終究趕不上變化，在我「歡樂」的幼稚園畢業後，爸爸媽媽來接我，終止了我這六、七年逍遙自在的生活。在回臺灣的那一天，我從早哭鬧到上了飛機，一直回到我現在居住的地方，才意識到：我真的和外婆分開了。

我天天想著外婆，以及在澎湖的種種。我一連哭了好幾個晚上，每天和外婆通電話，訴說我多思念她。最後，我不再哭泣，也許是哭夠了，又或者是發現哭泣讓我委靡不振，讓所有愛我的人擔心，也包含了我最愛的外婆。因此，我收起眼淚，帶著笑，努力的用功讀書，好不讓大家失望。

現在想想，我慶幸當年的我決定要好好振作，而不是魂不守舍的過日子，這幾年來我也養成每天打電話和外婆分享趣事的習慣，即使距離遙遠，但我和外婆的心永遠同在。

那一次，我哭了

黃千祐

那一次，在爺爺家，我哭了。

那一天，全家人趕回臺中，看到的不是以往的景象；不是爺爺站在門口等著我們；不是房子裡傳來愉快的笑聲。只見大門敞開，裡頭傳來陣陣的啜泣聲。

憶起小時候，每一次回去都是快樂的回憶。吃過晚飯後，爺爺牽起我的手，那雙溫暖的手緊緊牽著我，一起吹著涼風在星月交輝的夜空下散步，慢慢的走著，最後回到家裡，窩在棉被裡，帶著笑容睡著了。每一次要離開臺中時，爺爺總會從櫃子裡拿出小點心，放在我手上，我總會笑著對爺爺說：「謝謝爺爺！」

同時，爺爺也露出和藹的笑容，那令人懷念的笑容。

進入了大門，雖然早已知道會看到的景象，但是，見到爺爺僵直的身體，毫無血色的臉龐，我還是很驚訝！全家人跪在床邊，齊聲呼喚著爺爺。其實，大家都知道這一次，爺爺聽不見了。我也忍不住哭了，淚如雨下，臉上都是抹不去的淚水，眼睛被淚水給淹沒了，那是我第一次這麼近的喊：「爺爺！」而爺爺卻沒有答話。

那一次，我哭了；那一次，我知道再也見不到爺爺了；那一次，哭完之後，我微笑，因為我曉得爺爺也在想念我的笑容，哭完之後，露出的笑容會是最忘不了，最美的！

選文主題：
班班有冷氣之我見

班班有冷氣之我見

王柔鈞

「冷氣」對現代人來說，是一項重要且不可或缺的家電。但是，有不少所國中、小學目前都沒有「冷氣」可以使用，這對大部分學童的專注力有很大的影響。

學校裝「冷氣」，一直是都是學生們夢寐以求的事情，學生和老師們一起在「冷氣房」裡享受著舒爽的風，有如徐徐微風吹著小草與花兒，小草搖曳著、花兒都開始跳起波浪舞，想必那是多麼舒適、愜意。

可是經費卻遲遲沒有爭取到。這不僅讓學校、師長都一個頭兩個大，也讓家長都煩惱起來了。中午來接小孩時，孩子熱到汗猛滴、嘴唇都發白了，也有孩子因為太悶熱而起了濕疹，這樣讓愛惜孩子的家長們心疼不已，猶如想救但卻救不到，那樣的擔憂，使得一個、一個家長的「心」，如刀割般，好痛但叫不出聲音。

近年來，政府對「班班有冷氣」提出了許多新的政策，例如：「冷氣配合儲值卡使用」、「教室的整修，都會融入『綠建築』」……。有了這些政策，學校也可以較安心；學生也能專注學習、提高效率；家長也可以放一百二十顆心，不用擔心孩子們會因為太悶熱而中暑。所以我認為「班班有冷氣」是一個非常好的政策，希望它能盡快實踐。

班班有冷氣之我見

陳弈晴

又到了炎炎夏日，熱浪似乎一年比一年兇猛，下午時分，西落的太陽從窗戶直直的射入，幸好我們班上已經裝了冷氣。

我認為學校安裝冷氣是不錯的想法，很多班級因為位置不好，使得同學們熱得無法專心聽講，想必學習效果也較差。但自從換到有冷氣的教室，感覺同學們都有精神了許多！

本市市長近來推行「班班有冷氣」政策，主打希望各國中小班級都能加裝冷氣，看到自己的寶貝小孩曬得臉上紅通通，嘴唇倒是白得可憐，為人父母不免擔心起來，為什麼學校不安裝冷氣供孩子使用？

每一件事都是一體兩面，裝冷氣固然是個好想法，但是也有家長提出：在裝有冷氣的密閉空間裡，反而會容易疾病傳染吧！小學生的抵抗力較差，很可能因此造成全班問題。有人質疑裝冷氣只是治標不治本的做法，應當從根本的環境開始改善，增加綠地、加裝太陽能板、減少使用汽油燃煤……等，都是好方法。

地球暖化愈來愈嚴重，使用冷氣雖然方便有效率，但也不得不面臨環境問題會更嚴重、以及經費上的困擾，由政府出錢還是家長？環境問題是否會惡化？我認為應再多方考量，也讓同學、家長們明白有哪些好壞之處，能盡量站在家長、同學的角度思考後再決定。

班班有冷氣之我見

劉姵薰

對於在學校上學的我們，每到夏天，總要邊聽講邊和炎熱的酷暑對抗，也許加裝了冷氣會有改善，但這卻不一定是最合適的方法。

夏天的時候，課堂上總能看到幾位同學手持小型電扇使用，加裝冷氣對我們來說可是再舒適不過了。有了冷氣的「加持」，必能讓許多怕熱的同學，在更涼爽舒適的環境下學習，避免了燥熱的干擾後，提升自己的專注力。但這真的是最好的方法嗎？安裝冷氣不僅會加速對大自然的破壞，那筆費用也可能會成為政府財政或是父母的負擔。

近年來地球暖化十分嚴重，每年的平均溫度也在逐漸增高，如果每班都加裝了一台冷氣，只會加速年均溫的上升，並無法真正改善地球暖化後，氣溫升高，導致人們覺得更加燥熱，再說，要讓全市的國中小學全部安裝冷氣，那筆金額並非是一筆小數目，若政府需要那筆經費，就會從人民繳納的稅收開始增加，而身為公民的我們的父母，就必定要增加這些負擔。儘管裝冷氣對還是學生的我們好處多多，但造成的影響卻不是我們所能想像的。

或許對於加裝冷氣這件事，會是每位學生最渴求希望的，但我們並不能忽視安裝後帶來的龐大影響，如果大家都深愛著我們所居住的地球，那就更應該好好的思考怎麼解決目前的暖化問題，而不是只顧及自身利益。

班班有冷氣之我見

陳柏志

涼爽的風，吹拂著大家的臉龐，享受著有冷氣的快樂時光，是大家夢寐以求的，我也不例外。「哇！好涼呀！」大家都幻想上課時，能有這種尊榮待遇。但，沒有任何事是十全十美的，衍生出來的問題，又該如何應對？

享受著涼快的風，安靜的上課吧！問題來了：冷氣費誰付？整個桃園市的學校這麼多，不可能有那麼多經費替難以負荷「悶熱」的同學們一一「服務」吧！所以說，冷氣費，誰出？

無憂無慮的接受著冷氣的涼風「洗禮」，安靜的午休吧！問題來了：地球暖化會更加快速吧？學生們以自己舒服程度要緊，不知節儉，遭殃的只是外頭可憐的其餘動物。他們也都很熱，也都「汗流浹背」，也都苦苦哀嚎著……。那你說，我們該為自己著想，還是萬物呢？

一件事，並非全然糟糕。在熾熱的夏日，若只有開電風扇，怎麼夠呢？打開冷氣吧！開心愉悅，學習效率自然好！

綜觀這些冷氣所帶來的影響，人們吹冷氣，就是一種「只顧自己，不管他人」的作為。只顧自己的舒服，不知他人籌措經費多辛苦；只顧自己的自在，不知他人的悲情。但，如果我們將冷氣溫度調高，吹冷氣時間縮短，是不是「有在為他人著想」呢？吹冷氣這事，也可以學到一則大道理呀！

我想，我贊同「班班有冷氣」，如果各位願意犧牲的話……。

班班有冷氣之我見

黃千祐

臺灣夏季炎熱的天氣總是令人難以忍受，班級加裝冷氣也受到討論，暖化問題導致氣溫不斷攀升，有部分家長也期望能以冷氣解決孩童學習環境問題。我認為應優先加設真正有需要的班級，若不需要就可以暫緩，全市班班都裝設冷氣，對環境而言，負荷是很大的。

有研究表示悶熱環境讓學生難以專注在課堂上，因此在某些學校，若因出現會影響學習的問題而必須關窗，或因地理位置導致炎熱，那麼這些學校優先裝設冷氣是理所當然。學校的位置若氣溫尚未達到需要冷氣的情況，也許就先暫緩，改以增加綠地、太陽能板，更是能根除炎熱的問題，因此就別浪費國家資源。市府也能設置一套審核標準，讓資源能有效利用。

已裝設冷氣的班級也要適度使用，無論是否能支付電費，若是不需要就盡量減少使用的時間，因為環境是買不回來的，現在短時間造成的環境問題，在未來是要花更多時間才可能恢復現狀，因此適當的使用非常重要。學生剛運動完、有同學身體不適……等諸如此類的狀況，就先暫時使用，才能兼顧各方面。

冷氣在現代的環境的確是不可或缺，不過，如何在使用和環境兩方面取得平衡是值得深思的問題。因此，我認為有需要的班級優先裝設冷氣且使用得當；而沒有急迫需要的班級就暫緩裝設並實施替代方案，如此才能對環境有最好的交代。地球只有一個，我們要好好守護。

選文主題：
先別說不

先別說不

王穎庭

人們必須互相幫助、互相扶持，才能讓彼此過得更美好。在人生的旅途中，總會遇到許多挑戰或需要幫助別人的時刻，這時，先別說「不」，勇敢去做、去承擔，必定可以得到許多寶貴的經驗與成長。

還記得國小時，校內舉辦國語文競賽，班上都要推派出幾名同學去參加，那時，我的老師認為我的寫作能力不錯，就選我去參加「作文比賽」，但當時我自認能力不強，每次寫作文，分數比我高、能力比我好的人比比皆是，可是報名表早已交出去了，我就只好這麼接受。

那時距離比賽還有段時間，為了不讓老師失望，以及想為班上爭取一份榮耀，我很努力地增強自己的語文能力，「或許臨時抱佛腳沒什麼用，但總會有那麼一點幫助吧？」我當時這麼認為。我開始增加自己的閱讀量、學習一些成語的用法，以及不斷的練習來精進自己，只希望讓自己寫出來的文章能夠為自己和班上獲取一份榮耀。

到了比賽那一天，我緊張地走入了考場，不知為何，那天寫起來竟特別得心應手，最後，我拿下了第二名。這場比賽帶給我的除了獎金和榮耀之外，最寶貴的還是特殊的經驗與語文能力的增強，我很慶幸那時沒有強硬的要求老師換其他同學去比賽，不然我也不會有這份收穫了。

遇到挑戰時，或許很多人會覺得麻煩而直接說「不」，但我們永遠不會知道這份挑戰將會帶來多大的收穫與成長。所以，遇到挑戰時「先別說不」，試著面對，相信能給自己帶來無價的寶藏！

先別說不

周祐萱

生活中，總會發生不同的挑戰，可能是大型比賽，可能是各個學習階段的升學考試，也可能是大大小小意想不到的事，路是人走出來的，如果能勇於承擔，必定可以帶來許多成長。

還記得暑假有一次全家一起去墾丁玩，那是我第一次去墾丁，那裏真的好美啊！小時候的我還不懂事，說到「玩」就是跑第一，所以我一到沙灘二話不說的就向大海衝過去。但那時候因為爸媽都在和別人聊天，沒注意到我，這時候，說時遲那時快，浪花打了過來，我被捲進去了，吸進許多海水，爸媽看到我趕緊游過來把我拉上岸，好險沒受什麼傷，這個經歷也讓我對水產生了陰影。

後來小學六年級時有個游泳比賽，所以規定要上游泳課，每次只要上游泳課，我都不太敢游，僅僅只敢漂浮在水上而已，但後來要選游泳比賽上場的名單，教練選了我，還對我說：「先別說不，你一定可以的。」比賽當天，我真的很緊張，裁判吹哨後，我奮力地游，一直游，同學都在為我歡呼，我也開心終於踏出那一步，為了全班榮譽，再可怕都得試，最後我們班拿了第一名！

經過這次的經驗，我深深體會到，要勇敢克服，不是只會等別人來幫你收拾，遇到困難勇於面對，先別急著說「不」，給自己機會去爭取，自己才能變得更強，人生也才能更精彩！

先別說不

林以涵

讓我印象最深刻的事情，是在一年前的那場表演。去年暑假前，鋼琴老師提出了讓我和姐姐一起參加鋼琴合奏表演的想法。當時的我為了阻止老師這突如其來的想法，我想盡了任何一個理由、任何一個藉口去逃避。起初還以為姊姊也會站在我這一邊，替我說話，沒想到她居然爽快地說：「好啊！」就這樣，在表演的前三個月，老師替我們找了一首兩人合奏的短曲。他說第一次上台，兩個人比較不會緊張。

其實不管是當時在練習，還是真正上台的時候，我都還抱著「自己會失敗」、「我做不到」的心態跟念頭，一直到現在，我還是不知道自己是怎麼彈完那首曲子的。緊張、害怕的情緒全湧上來，甚至當時連腦子都是一片空白，而且還越彈越快，整體來說，很不完美。但是，這是我第一次站上舞台，在那麼多人面前表演，有種突破了什麼，挑戰了自己的感覺。

很多時候，事情往往沒有我們想像的那麼困難，只要嘗試過後，就會發現自己是做得到的，不要從一開始就否定自我，把情況想得很糟糕。

我並不後悔自己參與了那場表演，也許會覺得丟臉，覺得不夠好，但是我很開心自己完成了這個挑戰，磨練了自己，也有了更多的經驗。現在回想起來甚至還感到有趣，如果再有一次機會，我一定會再次挑戰。

先別說不

張峮方

人生就像一場冒險，有平平淡淡的時候，也有陷入危機之時。每一天，都會有新的挑戰在前方等待，但是當你面對那些挑戰，你是勇敢的面對，還是因為恐懼而不願直視，直接逃離呢？

一年前，當老師問我要不要參加一個作文比賽，在第一時間，我退縮了，只想著：「校外的比賽，競爭一定比校內激烈」、「聽起來很難」、「直接放棄好了，不要去吧！」當我還在思考的時候，老師想必是看出了我的猶豫，就告訴我第二天再告訴他答案。

當天晚上，我獨自想了很久，不斷有新的問題浮現腦海，讓我越來越躊躇。我的內心分成兩派在辯論，一邊試著讓我拋開疑慮，勇於挑戰；一邊想說服自己逃離挑戰，「這樣就不會看到自己失敗啊！」它這麼說著。一想到「失敗」，我忽然茅塞頓開，以前又不是沒有失敗過，還不是再站起來了嗎？靠著失敗帶來的經驗和力量，才能累積成現在的自己。既然有機會放在眼前，何不好好把握它，為什麼要讓它白白浪費呢？最後，我用從沒有過的、堅定無比的聲音，告訴老師：「我要去。」

雖然最後比賽的結果不如理想，但我學到了另一個道理，沒有嘗試，就沒有失敗；沒有失敗，就不會有成功。嘗試成功的確是自古無，但自古成功不也是靠嘗試嗎？既然如此，有機會就該去把握，而不是因害怕失敗就讓它溜走。只要試過，就多一次經驗，多一次成功的機會。這樣一來，遇到挑戰，還會說不嗎？

先別說不

陳立婷

生存在這世上，如果一路都順遂的話，活在這世上根本毫無意義。人生難免有許多坎坷，不想面臨的事卻非得接受挑戰，而正因不能逃避，反而造就了人生的精彩。

人生一路以來，會遇到許多能讓自己成長的事，也許不容易，但日積月累，坦然去接受考驗，努力的完成，肯定對自己有好處。當親朋好友拜託你、當老師需要你、當朋友有難求助你，先別說「不」，這一切或許正是幫助我們成長的好事及貴人。

在我七年級的時候，學校舉辦國語文競賽，當時我很想參加國文演說或朗讀，萬萬沒想到，老師竟然推選我參加閩南語演說與朗讀，當時我很想逃避，覺得自己根本做不到，正要開口和老師說「不」的時候，腦海突然閃現許多國小參加過的各種比賽，幾乎都有得名，但名次都不盡理想，忽然耳旁響起了一句話：「不努力怎麼知道自己不行呢？」是啊！我怎會那麼不相信自己呢？

於是從那天起，我每天一早就到學校努力的背稿練稿，一有空就纏著老師教我，只求自己能有個理想的名次，就算沒有，但至少我努力過，一直到比賽結束後，我竟得了演說第一名及朗讀第二名，老師與我都高興極了。我慶幸當時並沒有衝動的去拒絕，幸好我能勇於挑戰，過程雖然很煎熬，但我學到了很多，也戰勝了自己。

所以，做任何事都不該急著說「不」，誰不想無憂無慮的過著安逸的生活？但是，一旦出社會，能不去面對上司給予你的任務嗎？一味逃避，只有等著被淘汰的份，應該勇敢的去接受挑戰，努力的完成任務，老天一定會給你回報的。

先別說不

陳立晴

我們，總是要向前看、往前行。活在自己每日每夜習以為常的生活中，是否有點枯燥乏味？我們活著不是只為了做一塊會呼吸的肉體，也不是成為因為膽怯而只能活在籠子中的鳥兒，別為自己畫地自限，試著為自己打開一扇名為「挑戰」的大門吧！

國小五年級下學期的某一天，我一如既往的帶著水壺，準備去上體育課，那陣子在學籃球，而我是個連球都運不好的初學者。班上有兩位女籃未來的主力戰將，而我們的體育老師正是球隊教練，那時球隊缺人，老師找我參加，我本是拒絕了，但在老師與兩位球隊同學的再三邀請，我決定，先「試試」。

加入籃球隊的第一天，我極度不適應，因為好操。一個從零開始的初學者，要把球打好？我看著在球場上奮力拚搏又帥氣的學姊們，只覺得自己要達到那種水準，幾乎不可能，於是那個先前猶豫不決過的「不」字，又湧上了心頭。

直到有一天，我下定決心：今天練完後我就要退隊。而那天剛好是打練習賽，我知道以自己目前的程度是絕對上不了場的，但是看到跟我同班，在球場上打球的兩位同學，突然覺得她們是這麼的閃耀動人，不禁覺得，跟我同年紀的她們都能這麼厲害，為何我不能？何必先否定自己呢？因為我也想像他們一樣！這個一瞬間的念頭陪伴我鼓起勇氣開始挑戰。日積月累的努力練習，我終於也站上了先發的位置，與曾經對我來說遙不可及的球員們一起並肩作戰，因為我，也終於成了那閃耀動人的存在。

開啟那扇大門，挑戰，使我成長，使我發現更美好的新世界，也發現了嶄新的自己。如今，我很慶幸當時那一瞬間的轉念，使我勇敢地踏出了一直以來給自己畫的小圓圈。

先別說不

陳逸庭

人生中，有些事需要決定時，先不要急著推託，想一想自己是否有能力掌握？當你放棄了，也就如同與一個機會擦身而過，雖可能只是一個練習的機會，放棄也無妨，但有可能是一個翻轉人生的機會，為何不試試看？

我曾在電視節目中聽過一位富豪說道：「選擇比努力重要。」剛開始，我認為「努力可以改變一切」，但現實並非如此。假如你一開始就選擇了對自己有幫助的，說不定日後便因此而一帆風順呢！

有一對兄弟讀書時總是名列前茅，哥哥從小就害羞內斂，弟弟總是主動積極。兄弟倆成年後，到同一家貿易公司上班。一日，老闆須徵求一位英文能對答如流的下屬隨他至國外拜訪客戶，哥哥認為自己剛進公司，不敢擔此大任，而弟弟卻信心滿滿的答應了，於是老闆帶著弟弟出國後，發現他的能力非常優秀，除了替他升職外，還發了獎金。

從這件事，我們可以發現，原本兩兄弟是位於同個起跑點，哥哥能力也不差，但他們卻在一念之間，大大的改變了自己的未來，原因在於，弟弟對自己充滿自信，願意挑戰自己。一個「選擇」，改變了他們的發展。

最後，你是否願意「先別說不」呢？好好思考自己對事情的態度，我們都有機會選擇自己的人生。

先別說不

游宇桓

生活中，總是充滿不同的挑戰，而這也是每個人一生中一定會經歷的事。也許有些挑戰像吃糖果一樣，味道是甜美的，得到的成果也令人愉悅；有些挑戰就像是苦瓜一樣，滋味是苦澀的，結果也未必是好的。然而，許多人接受挑戰之前，提前道別了它。但請相信，路是人走出來的，如果能勇於承擔，必定可以帶來許多成長。

小學六年級時，英文班的老師給了我一個對我來說相當艱難的挑戰，他和我說有一個全國性的比賽，希望我報名參加。當下一聽到，彷彿晴天霹靂，而立刻浮現在我腦海的唯一一個字就是「不！」然而許多事情並不是說「不」就能解決。回家後，我反覆思索，也詢問了爸媽的建議，最終我決定勇於接受挑戰！

就這樣，我日以繼夜地努力練習，時常到英文班訓練，由於是即席演講比賽，我最大的問題就是要於三十分鐘內擬好稿並背得滾瓜爛熟，不過我並沒有因此被打敗，這一切的努力肯定能表現在比賽上。而最後我也不負眾望地奪得第三名，頓時心中感謝自己願意撐到最後。

經過那次比賽，我了解到，當我們正接受到一個全新的挑戰，第一個浮現出來的字應該是「好」，而不是「不！」因為當一個挑戰來臨時，出現在眼前的是一座巨大的塔，當「不」從我們嘴裡衝出時，就像強大的地震一樣，高塔瞬間瓦解，但人要成功，就是要更上一層樓，不斷地爬上高樓，不斷地接受挑戰，也許有時會跌落，但只要記住，經驗是會累積的，過去所努力得到的經驗會伸出援手，這時只要我們再勇於站起來，總有一天會得到開啟成功之門的鑰匙。因此，「勇敢面對挑戰」先別輕易說「不！」

先別說不

黃映如

在某年的東風吹拂下，我遇見一個令我難以忘懷的小男孩。春天，百花初綻，新芽初昌，花香四溢，剛下過了一場春雨，走在清新濕潤的地面上，有個男孩在公園裡和一群同年紀的孩子們爭取為班級取得榮耀的機會。原來，男孩是個跛足的孩子，在運動場上，他也想盡情的奔走，就算一跌再跌，他也想勇敢地跨出步伐，大口的呼吸，享受汗流浹背的痛快，但卻遭到無數的抗議聲，同儕都反對男孩出場，除非他能跑贏班上的飛毛腿，男孩毫不猶豫地接受了這場對決。

在一旁觀戰的我也認為男孩不自量力，比賽飛快的開始，一起步，男孩拼盡了全身的力氣，和飛毛腿不分軒輊，令全場的孩子目瞪口呆，緊接著男孩，一點一點的把飛毛腿拋在腦後，艱辛的勇奪冠軍。此時他成為了所有人的英雄，但他說：「其實，我有一度想放棄，但我還是咬緊牙關，奮力的向前衝。」他這句話讓我領悟到一個道理──成敗往往都是在一念之間。

人生就像是航行在大海的一艘船，只要揚出名為堅持到底的風帆，拋下名為害怕的船錨，帶上名為自信的水手，便能發現更多的寶藏，向未來邁進。

男孩的話，如潤物無聲的春雨，如師長的春風化雨，把我的心靈洗去塵埃，讓我重拾從前失去的勇氣和初衷，凡是在成功之前，一定會歷經失敗，而我們不能在失敗面前說不、說苦，也不能沉迷於成功的濃郁花香，因為世上還有很多的成與敗，等著我們去挖掘。

人生中，有許多的機會能使自己成長，也許，這將是人生中最艱辛的挑戰，如同是給自己的考驗，但不管路程是多麼的高聳崎嶇，「永不放棄」才是唯一的路，唯有再加把勁，唯有努力向前，才能迎向閃亮眾星的河漢。

先別說不

楊少緯

很多時候，當你需要別人的幫助，卻發現對方只會百般地找理由推拖。想想看，自己是不是這種人？在現在的社會裡，很多人因為怕麻煩而不想幫忙，也怕到時候做得不好會遭人批評、責罵，所以都抱持著「做好自己的事情就好」的態度，也造成人與人之間變得越來越冷漠。

在人家請你幫忙時，如果你幫了忙會發生什麼不一樣的結果？同學請你幫忙，那是相信你；老師請你幫忙，那是信任你；家人請你幫忙，那是懂你。種種的幫忙都出自於對你的肯定，如果你勇於承擔，樂於付出，想必會帶來許多成長，而那些肯定你的人也會因為你的幫助而受益，這樣豈不美哉？「施比受更有福」，給予的人一定會比接受的人得到更多。

在面對挑戰的時候，那跨出一步的決定會讓你受益良多。有一次，小學要參加作文比賽，老師希望我去，回家問父母，媽媽說：「可以啊！去參加比賽可以增加經驗，也可以看看自己的實力在哪裡，就算沒有得到名次還是有收穫，不是嗎？」那次比賽我不僅抱回佳作，為校爭光，也學到只要勇於跨出去，視野就會寬闊許多。

先別說「不」也是一樣的，無論是幫助別人或是面對困難，只要勇於接受，相信一定會比別人擁有更寬廣的胸襟與視野，也會懂得更多，收穫得更多，只要你肯挺身而出，結局就有可能不一樣，你的人生就有機會更加精采成功！

先別說不

潘澤緯

面對人生當中處處的挑戰，很多事情我們都會先說「不」，其實只是想減輕自己的負擔，但是否想過，當我們面對很多事情先說「不」後，機會就這樣消失了。有時想想，能先不說「不」，那就有機會承擔，有機會學習，過程中的應對，必定會帶給自己成長。

想到以前國小的時候，面對老師各種比賽的推選，我總是一堆理由推辭，就只是為了自己的空閒時間能不被打擾。現在想起，當時的我真是有夠自私，也因此喪失了能夠在班上為同學服務、能夠學習處事技巧的機會。當家人需要我幫忙時，我們先不說「不」，除了能夠減輕家人的負擔，更能使家人間情感提升，並進一步發展融洽。

記得有一個難得的假日，我決定要好好地把握時間痛快地玩電腦，剛睡醒時，每天凌晨就去上班的爸爸，要求我到房間幫他按摩，我卻藉口推卻，最嚴重的還是跟他說我要溫習功課，當他從房間出來發現我在玩電腦的時候，眼神透露著失望無奈，他並沒有罵我，但我心中卻湧現無比的罪惡感。

我覺得不是每件事情都能以「不」當作理由，這樣就會損耗責任感，也可能進一步的侵害到人際關係。所以凡事不要畏懼多去承擔，如此，將來無論面對甚麼大事，一定也不會出太多差錯，你的人生也比較能過得精彩成功！

先別說不

賴依涵

「喔！不！怎麼會是我啦！我竟然是班上的自治市代表，我什麼都不會，上台也會緊張到說不出話，我不想上台啦！」以上是我國小五年級時內心小劇場的自白，不過因為太膽小，我不敢說出：「我不要！」

國小時的我莫名被班上同學推出來當代表，雖然沒意願，不過也沒有拒絕，幸好沒急著說「不」，否則也不會有今天的我，要不是之前有參選過，也不會有勇氣再出來選自治市代表；要不是我之前曾接受過挑戰，我應該也沒有足夠的經驗可以贏過其他候選人。就是之前的「先別說不」，讓我得到一個目前最開心的結果。

我們應該勇敢嘗試新的事物，因為永遠都不知道什麼時候會因為過去的歷練，幫助自己未來得到了勝利。凡事都有第一次，若因為怕失敗、怕丟臉，那也別想做什麼大事了！又不是每個人出生就萬事俱全，有時候去挑戰一下新的事物，也是很難得的經驗！不過遇到會危害我們的事就一定要說「不」就是了。

像我就是因為膽小，不敢拒絕班上推派我出來競選這件事，竟然能讓我兩年後把成果展現在更艱難的挑戰之上，說真的，我自己也沒料到！今後我想我會更敢於接受新的挑戰，不再急著說「不！」

選文主題：
差不多先生仿作

節儉先生

于子涵

我的叔叔，是一位智慧圓融、通達事理的現代奇人，雖然外表平凡，卻是一位名副其實的「有錢人」。想到有錢，一般會想到豪宅、跑車、名牌服飾等等，而我的叔叔剛好相反，他住著一間平凡的小房子，開著一輛有些老舊的國產休旅車，穿著一身大賣場買的平價衣裳，知情者覺得驚訝，不知情者則大表懷疑，「有錢人」是這樣的嗎？

每當各種食物盛產便宜時，叔叔都會趕早跑去採購，但往往已經大降價了，他還是不滿意，要求商家再賣便宜一些，令人大翻白眼，不過這些生活日常，讓他累積了不少實質的回饋，也算頗有收穫。

我老是愛虧叔叔：「明明是有錢人，怎麼過得那麼寒酸？」他總回答我：「年輕一代都找不到工作了，當然得省點啦！」當時年幼的我，總不了解他的意思，但是現在，我終於明白了。

說實在的，叔叔的觀察敏銳且細微，他總能精算出事物最合理的價值，他的智慧是「財有限，費用無窮，當量入為出」。我認為在現今社會裡，叔叔算是一位不完美的模範，因為他雖然有令人讚嘆的財富，卻不過令人稱羨的生活，打破了大眾對「有錢人」的傳統思維，他讓我知道了節儉真的是一種美德，也讓我知道了並不是名牌就比較好的道理，這種生活簡約的有錢人，比起那些愛慕虛榮的人們，豈不更為實際？或許有人不認同，但相信慢慢的就能體會──財富在手真的比虛華滿身來得重要。

衰運小姐

沈鳳馨

衰運小姐的長相，沒有特別美，也沒特別難看，長得普普通通，就像動畫片中個個長得大同小異的路人配角一樣，一點也不特別。那她的個性呢？衰運小姐待人處事都很和善，然而，老天爺卻沒因此而善待她——衰運小姐的運氣，真的很差！

衰運小姐十二歲那年，正值小學六年級的花樣年華。在國小的最後一年，衰運小姐為自己定下了一些目標：「希望在六年級的時候，不要再被衰運纏身；不要再在忘記帶傘時下大雨；不要再在體育課時被球打到；不要再……」與其說是目標，倒不如說是在許願。總之，衰運小姐十分期盼自己有朝一日能變成「幸運」小姐。

雖然許了一大堆的願望！雖然下了一大堆的決心！可是，直到畢業典禮那天，衰運小姐終於發現——老天爺似乎是真的在看她的笑話，自己的運氣絲毫沒有好轉。在體育課時，小至羽毛球，大至躲避球，全都不偏不倚的砸在自己的頭上；還有自己參加的所有活動——當然包括正在參加的畢業典禮——全部都下大雨。

好吧！現在衰運小姐也長大了，當然也和以前一樣很倒楣。但她現在對自己的衰運抱持著樂觀的態度，誰說運氣差一定是壞事呢？俗話說：「塞翁失馬，焉知非福。」換個角度想，說不定，運氣差是一件好事呢！

暴力小姐

唐傳琳

有一位小姐，姓暴名力。她常常出現在我家的小巷裡。她有一雙具有魔力的雙手，因此從來無法好好的對待物品。她也有一雙不怕累的雙腳，無論走到哪裡都會不自覺的往人家臉上踢一腳，就算是花瓶，也不會輕易放過它的。

凡事只要是出現在暴力小姐面前，她都會使出絕招——「佛山無影腳」。只要見到，踢！沒有踢飛那個東西，她絕不罷休！有一天，她在便利商店前看到了許多形形色色的箱子，有正方體、長方體、圓柱體……等。她看了一下，心情變得十分煩躁，二話不說就是踢，把店家給嚇壞了。事情過後，暴力小姐就像是什麼事也沒發生的樣子離開了。過沒多久，大街小巷都傳出有「暴力小姐」的話語。有人說她是沒禮貌小姐，也有人她說是怪力女孩。一下子，暴力小姐成為了大家的眾矢之的。

暴力小姐這才意識到自己做錯事了，焦急地馬上向大家致歉並改過自新，好好地應用她那雙有「魔力」的手腳，開始幫助大家，學習與人和睦相處。經過改變後的暴力小姐深受大家喜愛，不再是大家畏懼的沒禮貌小姐或怪力女孩了。

熱心小姐

康耀云

熱心小姐和大家的面貌差不多，有著烏溜溜的頭髮、水汪汪的大眼睛、高挺挺的鼻子和小小的嘴巴。她常常說：「助人就是助己，只要有能力，就一定會去幫助需要幫助的人。」

在熱心小姐小的時候，有一天，她牽著媽媽的手，走在回家的路上。突然有一隻蝴蝶被一輛車子撞上。熱心小姐一看到這個情況，立刻放開媽媽的手，衝向馬路中央，想要救那隻躺在地上，身受重傷的蝴蝶。馬路上傳來刺耳的喇叭聲，可能是幸運之神眷顧，熱心小姐安然無恙，可是這種魯莽的行為，讓她被罵得狗血淋頭。

長大後的熱心小姐，有一天，她要到一家公司面試，當她走在前往公司的路上，看到一位伯伯拿著一個大塑膠袋，突然塑膠袋的底部破掉了，熱心小姐一看到，就快步走向前，把手上的手提袋遞給了伯伯，然後幫他把東西放進手提袋，並且對那位伯伯說：「伯伯，您辛苦了，一路小心喔！」說完後，她就轉身離開，走向要去面試的公司。到達公司後，祕書請她進入面試會場，裡面正坐著剛才路上遇見的伯伯，原來他是這家公司的董事長，就因為先前發生的事，熱心小姐順利被錄取了。

熱心小姐的表現值得我們學習，而她也成為我們的榜樣。現在越來越多熱心先生以及熱心小姐，讓需要被幫助的人獲得幫助，這個社會也因此變得更友善，更有愛心。

懶惰先生

張語真

懶惰先生住在我家裡，也住在許多人的家裡。他精通分身術，他的分身會寄住在每個家庭裡，所以每個家庭或許都會有個懶惰先生。

懶惰先生的相貌跟你我一樣，但由於他懶得連一根手指都不想動，以至於他渾身發臭，臉上像抹上一層灰塵似的，讓人不敢靠近。他的頭髮像鳥巢一樣非常雜亂，也非常的長，但他就算覺得不舒服，也懶得去理髮店。假如懶惰先生不懶，他的容貌一定可以吸引許多女孩的芳心。

懶惰先生的生活很隨便，他的房間就像倉庫，而且還堆積著許多廢物，沒人管理的舊倉庫，蟑螂、螞蟻滿地爬。尤其是夜深人靜之時，更是恐怖。懶惰先生沒有工作，整天在家遊手好閒，要不是媽媽每天照顧這個年過而立的懶兒子，懶惰先生早就被自己懶死了。媽媽也真厲害，整天忙著照顧那個懶得沒出息的兒子，懶惰先生那「飯來張口，茶來伸手」的生活態度，連隔壁鄰居都覺得無藥可救，但同時也很佩服他的媽媽。

許多人的家裡應該都有懶惰先生，就算特質沒有那麼明顯，但他們的懶惰常給周遭的人帶來麻煩，也讓關心他的人整天為他擔心。希望大家都能不被懶惰先生的分身給附身，做個勤勞的人。

巧手小姐

黃千祐

我喜愛我的大家庭，雖然分居兩地，不過我們的心卻同住。每隔一陣子，我們就會回臺南探望親戚，那是這個大家庭最歡樂的時光。

外婆每次見到那熟悉的車子，就會笑吟吟的走出來迎接我們，聊聊天，接著帶著我們去阿姨家休息一下，表姐也笑著歡迎我們，提起行李幫我們放到臥室。那雙手，不只有力，而且還是一雙巧手。我的表姐在高中就讀繪畫相關科系，畫出來的作品都讓大家驚嘆不已。有一回，全家一起旅行，在閒聊之中，表姐從背包拿出一個透明資料夾，我仔細看了看，覺得很困惑，表姐為什麼要拿出一張奇異筆的照片呢？再仔細端詳了一下，我驚呼了一聲，那逼真的圖片竟是表姐一筆一筆畫出來的。那時，我深深覺得，繪畫真是深奧呢！

在臺南的每一天，我都很珍惜，有任何活動或遊戲都會參與，就連那次也不例外。一個下午，阿姨和表姐在討論著如何幫貓咪做一個貓跳台，表姐在紙上稍微撇了幾筆，給阿姨參考。阿姨一陣驚呼：「哇！好立體，那要怎麼做呢？」表姐站了起來，往樓上去，拿了一堆木頭和釘子下來，一個完整的貓跳台就在表姐的巧手下逐漸成型，貓咪們也非常興奮，我則是不斷驚嘆著。

我的表姐雖然不是在每一方面都很出色，不過，她擁有一雙巧手，那雙手，可以用愛蓋出一個堅不可摧的家。

粗心小姐

黃宥云

只要在她身邊總會看到她在懊惱，因為她真的十分粗心，一旦大意了，她總是在事後才開始後悔，即使大家不斷提醒她要細心一點，她也做不到。

有一次她在為家人煮飯時，誤把鹽巴拿成糖了，但她卻沒有發現，就這樣一小撮一小撮的加入了一家人的晚飯中，還親自端上桌給家人品嚐，滿心期待的家人吃了一口卻皺起眉頭，粗心小姐十分難過，日後便沒有再下廚了。

她在工作中也常常出錯，有次還差點丟了自己的飯碗。那一次正好是公司的週年慶，也剛好輪到粗心小姐策劃，她也是發揮了她的粗心，又再一次的失誤了。當時原訂「買千送百」的特價活動，到了粗心小姐的手中卻變成了「買萬送百」，只是多了一個零，卻使公司這次的週年慶生意大不如從前，粗心小姐誠心誠意地向主管道歉才保住了工作。

粗心小姐回想起兒時的往事，她說她在某一次的出遊中把錢包弄丟了，全家人在飯店裡、車子上翻箱倒櫃，沒想到錢包其實沒有遺失，只是在口袋的最深處而已，全家人都十分無奈。

粗心小姐從小就對自己的粗心不以為意，到了出社會還是依然故我，悠然自得的過日子。面對一再的粗心，一直淡然以對，為家人、為自己帶來麻煩。看著粗心小姐的懊惱，讓我們反省、思考，從錯誤中學習，用不同於粗心小姐的生活態度面對生活中的人、事、物，相信在未來的生活中能夠更輕鬆。

懶惰小姐

楊媛淇

隨著科技的日新月異，「懶惰小姐」、「懶惰先生」的數量也跟著逐年上升。他們長得跟你、我生活周遭的人沒什麼兩樣，一樣都有一雙眼睛、一個鼻子、一個嘴巴，還有一雙耳朵。雖然手腳都在，但有和沒有一樣。

我的身邊就有一位這樣的「懶惰小姐」。她呀！肚子餓了就叫別人煮；沒水喝了就叫別人去裝；地板髒了就叫別人掃。甚至沒有錢了就叫別人去賺！某天，「別人」生氣、受不了了，開始罷工，直接飯也不煮了、水也不裝了、地也不掃了，就搬離這個「懶惰的家」。懶惰小姐眼睜睜的看著「別人」離開了，雖然心裡難過、可惜，但也「懶」得追了。

幾天之後，「懶惰小姐」開心的和我說：「我家啊！再也不用『別人』了。我請人把全部的家具裝上了人工智能。現在，我只要按個按鈕，連衣服都不用自己脫，澡也不用自己洗了。」語畢，便轉身離開，「懶得」理我了。

數年過去，我接到一個令人難過的消息。內容是這樣的：「懶惰小姐」晚上睡覺的時候，她的鼻子突然累了，懶得呼吸，心臟也懶得跳，就這樣「安詳」的離世了。而她的家人懶得幫她辦葬禮，以致她靈魂無法安心的離開，也「懶」得去陰間了。就這樣飄蕩在人間，繼續默默的懶下去……

謙虛小姐

謝采筠

我的好朋友人很好，也很聰明，我最欣賞她的地方，就是為人謙虛！她從不自大、誇耀，只是默默的做好自己應有的本分，跟她相處在一起，快樂無比，充滿樂趣。她就是我作為學習的榜樣和訴說任何事的人！

她和一般人長得差不多，戴著一副知性眼鏡。個性很樂觀、活潑，但她的言行舉止就和他人不一樣了。和她聊天說話的時候，總能了解到一些事，我也每次在有問題或感到疑惑時，都會跑去問她，她也還是不厭其煩的盡她所能幫我解決所有的疑難雜症。

她的舉止更讓我感到她真的很善良！當有人對她不禮貌或做了不合宜事情的時候，她也總是微笑以對，幾乎不會去罵人，看到別人有困難時也是第一個去幫忙的。她在我的眼裡，個性脾氣超好，是我永遠都不可能企及的。我也看過她默默流淚的樣子，可是她馬上就擦掉了淚水重新振作。

她是一個努力向上的人，不管她多用功努力，得到了好成果，還是繼續努力奮鬥，從不覺得自己很棒很厲害，所以我覺得叫她「謙虛小姐」，實在是太適合不過了！

選文主題：
我童年時最喜歡

我童年時最喜歡回金門

王貞驊

由於爸爸是金門人，因此每逢暑假或過年全家都要回金門探望爺爺奶奶。回金門絕對是那一年裡最放鬆的時候，每次都玩到樂不思蜀呢！

在金門，無聊的時候，表哥就會牽著他的腳踏車，對我說：「走吧！去冒險。」於是我和表哥就展開一整天的冒險。我們一起去過熱鬧的大街；一起去過寧靜的田野間；也一起去過充滿歷史的洋樓。在這趟說長不長，說短也不短的冒險中，我感受到的不僅僅是出去遊玩的快樂，還有全然放鬆拋開城市的喧囂、煩惱的解脫。在這趟旅途中，我就只是個單純擁有簡單的快樂的小孩，能盡情的玩，盡情的笑，不用害怕他人的眼光。

如果有人問我童年最喜歡的事，我一定會說是回金門，因為那裡很安靜很安靜，卻又在安靜中瀰漫著濃濃的人情味。要是你累了，可以坐下來，好好休息，不會有人逼你振作。

在那充滿古老氣息的金門，充滿了我對自由的憧憬，更充滿童年時的笑容。即使其他農村再美，我依然覺得金門的農村最美，空氣最清新，因為它在我心裡，是別人無法代替的——童年。

我童年時最喜歡閱讀

江以恩

從我有記憶以來，我讀過了許多的書，繪本、漫畫、小說……。而這良好的習慣，也成了我人生的一部分。

在我還是幼稚園時，每週的作業中，其中一項便是「閱讀繪本」，並且把印象深刻的地方畫出來，每次只要有這項功課，我就會興奮地拿出喜歡的書，叫媽媽念給我聽，這段時光是多麼溫馨多麼美好！和書中的人物一起旅行、探險，這實在太有趣了！到了上小學前，我開始學習注音符號，每上完一次注音符號，我依然會拿著書，比對著上頭的注音符號，一字一字的慢慢拼，從一開始的幾字，到後來的一頁兩頁，直到最後讀完了整本書，這過程雖然緩慢，卻使我充滿了成就感。

上小學後，又開始接觸各式各樣不同的書，成了圖書館的常客。每當我開始閱讀，整個人便會沉浸在書香中，隨著故事的起承轉合，產生不同的情緒和感受，和主角一起歡笑、一起緊張，這個過程讓我十分享受，也充滿了樂趣。

「閱讀」是我童年時期最喜歡的興趣，更是讓我吸收知識的來源。所謂書中自有黃金屋，相信只要我們多閱讀，一定可以找出藏在其中的寶藏。

我童年時最喜歡的相機

吳依珊

每個人的童年中，總有些許事物，看似平凡，卻極為珍貴，看似瑣碎，卻有一定的份量，總在心情百感交集時想起了關於自己和它的美好互動，時間倏忽即逝，每每想起，卻歷歷在目……

我的童年是在一個無三尺浪的環境下度過的，依稀記得當時就讀幼稚園的我，總是喜歡到處走馬看花，父母親也常在假日帶我出遊，每當看到特別的裝飾品、夢幻的拍照場景、天空的雲霞或是古意的花草巷弄，母親都會拿起一臺如同仙女般的粉紅色相機，和我一起記錄下這美麗的畫面，久而久之，「拍照」便成為我的專長與興趣了。

升上國小後，我還是對「攝影」感到興趣，每當母親教導我如何攝影時，我總是興奮的在旁仔細聆聽，希望長大後也能用相機記錄動人回憶。小學五六年級時，我常帶相機去校園拍攝，想為校園的美好事物以及自然風情留下美麗的身影，相機也讓我的校園生活更豐富，同學間也因為它增進了友情的溫度。我也帶著它參加了校園的攝影比賽，得到優選，至今仍難以忘懷。

「相機」讓我可以用攝影的方式記錄我成長的片段，可以讓生活增添許多趣味，可以讓這世界的美麗用另類的方式永久保存，望著那臺我童年時母親使用的舊相機，激起了我繼續鑽研攝影的慾望，也勾起了屬於我的——童年關於「相機」的拍攝回憶。

我童年時最喜歡放學時光

李覲均

噹——噹——噹，放學鐘聲響起，小朋友們爭先恐後地跑出門外。如果要我說我最喜歡的童年回憶，我一定毫不猶豫的選擇每天的「放學時光」。

以前，在我們剛搬到內壢時，媽媽都是在家當家庭主婦，因為不必上班，所以才有陪伴我的時間。每當放學時，總是在校門口看到那張我最熟悉的笑臉，儘管是下大雨，媽媽還是會在校門口等著我。回到家時，最喜歡和媽媽分享在學校時學到的知識、交到的新朋友……等，雖然是一些芝麻小事，但媽媽總是很有耐心地聽我說完。

那時，我家樓下有座小公園，我的放學時光幾乎都是在那裏度過的，有時和媽媽聊天、有時練習跳繩、有時吹泡泡……等，每天都玩得不亦樂乎，甚至都不想回家了呢！現在想想真的添了不少麻煩給媽媽。

長大後，為了維持良好的成績，我開始上補習班；媽媽生了妹妹後，為了維持家裡的經濟，也開始上班賺錢。雖然我再也回不去那個快樂的放學時光，但回憶是不會消逝的，在我心中那份回憶就是個無法取代的寶物，永遠都是充滿著色彩，保存在我的心中。

我童年時最喜歡的家人——外婆

邱羚潔

在還沒有上幼稚園以前，我幾乎整天待在外婆家，那時候的我，還像隻鴨嘴獸，除了咿咿呀呀以外，還會翻箱倒櫃，把家裡弄得跟「豬窩」沒兩樣，但是外婆卻很有耐心的一再收拾。

我最喜歡外婆的原因還有：她常常花大錢買一些有益健康的「天然食物」，煮一些「世上絕無僅有的佳餚」，它不僅是食物，還有讓我念念不忘的愛。

外婆十分疼我，常常把我抱在懷裡，哼著優美動人的歌曲，那一曲曲都深深的烙印在我心中，即使當時的我在大哭大鬧，外婆那慈祥的臉還是永不改變！睡覺時，有一隻粗糙的大手輕拍著我，直到進入甜甜的夢鄉才安心。

那雙長著厚繭的手，我永遠不會忘記，因為它使我不愁吃不愁穿，能把我養得這麼健康，都是出於那雙充滿溫暖的手。以前，外婆是我最重要的人；現今，我要成為外婆的開心果；未來，期望我能和外婆一樣，做個好媽媽，也做個好外婆！

我最摯愛的外婆，謝謝您這麼多年以來，陪我平安健康的長大，而您也做了我最好的榜樣。外婆！我愛您！

我童年時最喜歡的遊樂場

陳妍榛

每個人都會有童年，或許是歡樂溫馨的，也有可能是艱辛苦難的。不過每個人一定對童年有滿滿的回憶，甚至有一輩子都忘不了的趣事……。對於我來說，童年最讓我印象深刻的事就是——遊樂場。

遊樂場就像是小孩子的天堂，我相信每個人的童年只要看到遊樂場就很興奮吧？我也不例外，不過我的遊樂場跟大家較不一樣。在鄉下長大的我，十分頑皮，總是想去遊樂場玩，不過鄉下哪兒有遊樂場？有時鬧著鬧到累了，便想躺下來休息。突然身體被緊緊環抱，搖來搖去，再加上一首安詳的搖籃曲，睜眼一看，果然是外公那和藹的臉蛋。

外公很愛我，常常把我逗得開懷，心中的黑雲一下散去。有時也會頑皮的把我抱得高高的，真的很刺激好玩。如今，外公身體已不像從前，我才驚覺外公對於我來說，其實就是個「行動的遊樂場」啊！如今遊樂場要倒閉了，我的心好像也跟著封閉了起來。

有時真的很想再回到那個無憂無慮的童年，想再次體會那個屬於我的遊樂場。面對躺在病床上的外公，真想握緊他的手，不讓他走。就像最後一根羽毛，即使緊緊抓著，最後還是要隨風飄去啊……。

我童年時最喜歡聽故事

陳芷安

我童年時最喜歡聽故事。

想起小時候最喜歡的事，就是聽故事了。東方的故事、西方的故事、世界各國的故事，小說、繪本、新詩，不管用唸的、用演的、還是用唱的，我都喜歡。

每個人說的故事都不同，說的方式也不同。媽媽喜歡說日本的童話故事，一寸法師、桃太郎等經典故事，搭配上媽媽流利的日文，即使那時候聽不懂，但卻非常喜歡媽媽說日文。媽媽是一臺放映機，說故事時，故事場景歷歷在目。

爸爸喜歡說好玩的故事，叢林奇談或阿基米德的故事……他都說過。爸爸總是耐心的在床邊說故事，有時一說就是一個多小時。要睡覺時，我總是被爸爸充滿魔力的故事逗得哈哈大笑，陶醉得捨不得睡著。爸爸是個操偶師，為故事中每個角色灌入生命。

我喜歡聽爸爸媽媽唸書給我聽，但我最喜歡的是他們自己的故事，像是老家有從天窗飛進來築巢的燕子，可以躺在載滿稻草的牛車，還有他們在日本讀書時走過的大街小巷。雖然沒有真正經歷過，但透過爸爸媽媽言語中的懷念，成為我生活中的一部分。

現在，換我提起筆，寫下屬於我自己，耀眼光彩的故事。

我童年時最喜歡巧克力牛奶

黃尹岑

每個人的童年都有些美好、新奇的故事，而我的童年，是跟一群愛我的家人一起度過的。有時美好、有時悲傷，最讓我留下美好回憶的，就是「巧克力牛奶」！

五歲那年，爸爸、媽媽因工作的關係，比較沒時間照顧我，所以我幾乎都在外公、外婆家度過每一天。每當我想媽媽時，外公就會帶我去公園玩。那時的我天真無邪，一看到公園裡的遊樂器材，就完全忘了想媽媽這件事了。還記得有一次外公陪我去公園玩，我玩得很開心，玩到很累的時候，忽然想找外公，外公竟然不見了，便哇哇大哭了起來。

過沒多久，外公拿了一瓶巧克力牛奶出現在我眼前，原來外公怕我肚子餓，去公園旁邊的超商幫我買了我最喜歡喝的巧克力牛奶。經過這次事件，又讓我多了個綽號——「愛哭鬼」，也讓我喝到了有著濃濃的愛的巧克力牛奶呢！

隨著歲月流逝，我已經十二歲了，但我還是時常回外公、外婆家，陪外公聊天。然而外公仍然沒忘記他當時幫我取的綽號。每次我回去時，他都這樣叫我：「愛哭鬼，快來吃飯啊！」聽了讓我心中都暖暖的。到現在我還常常跟外公去超商買那瓶具有美好回憶的巧克力牛奶。

童年時期，因為有外公的陪伴，讓我每天都過得很快樂。雖然現在課業繁忙，我們比較沒那麼常回去找外公、外婆。但外公還是很常打電話來關心我，問我過得好不好、課業有沒有進步。除了「母愛」

跟「父愛」之外，我還多了一個「外公的愛」，因為外公給我那麼美好的童年，我一輩子也不會忘記的，尤其是那充滿回憶的巧克力牛奶。

我童年時最喜歡五子棋

葉孟璇

在許多人的童年裡，都有自己喜歡的東西，我也不例外。如果要說自己童年最喜歡的東西，第一個想到的就是五子棋。

小時候，家裡有許多電動玩具，但是我卻比較喜歡跟家人們在客廳裡，動用大腦想著如何下出一盤完美的棋。也因為從小個性好強不服輸，經常一玩就是好幾個小時，讓我的棋藝進步許多。有時下棋的過程也像在打戰一般，下棋的人像軍師，而棋子像士兵。對弈時雙方都得很冷靜，不然一沉不住氣、著急了，那贏家的棋也會變成輸家棋。

小學三年級生日那天，阿公知道我喜歡玩五子棋，一下課就帶著我去買棋盤，當天一買完回到家，我就迫不及待的拿出棋盤，吵著要跟阿公玩，從下午玩到晚上，若不是爸爸叫我去吃飯，我想一定會玩到很晚。雖然阿公已經去世了，但這個棋盤卻像阿公一樣，一路陪著我，讓我的童年增加了許多色彩。

升上了國中，因為課業壓力變大許多，能玩的時間也變少，但我仍會利用假日的時間，跟爸爸下著五子棋，回憶那雖然短暫，卻令我懷念無窮的童年時光。

我童年時最喜歡紙飛機

葉恩愷

每個人的童年都有不同的回憶，但是在回憶中一定有一個你最喜歡的東西、玩具……。像我童年就最喜歡玩「紙飛機」！小小的東西就能讓人得到大大的喜悅及滿足，真是有趣！

那時最喜歡玩的是一架平凡的紙飛機，一架平凡的紙飛機可以讓我的想像力大爆發。當時我在外婆家，我把餐桌想像成長長的跑道和寬闊的停機坪，把水壺想成發出訊號給飛機的塔台，把積木疊起來就變成我們人山人海的航廈了！在這裡就是我的想像王國，一架紙飛機就可以讓我玩一整個下午，誰也不用陪我，我一個人就可以玩得十分開心。

紙飛機對我來說是一個我童年時最好的玩伴！小時候爸爸、媽媽都在外地工作，要到黃昏時才會回到家，媽媽都會帶我去外婆家，在那裡因為沒有跟我同年齡的小朋友，所以我都自己玩耍。當時的紙飛機就陪伴我度過童年的美好時光。到現在雖然科技十分發達，其他的玩具都不能勝過我童年時那一架平凡的紙飛機。

大家的童年都不同，每個人喜歡的東西也會不同，但是喜歡的東西一定在你的人生有舉足輕重的地位，陪伴你度過人生中開心、難過、生氣或傷心的時期，最後我要謝謝「紙飛機」帶給我一個豐富、快樂又美好的童年回憶。

我童年時最喜歡樂高

趙加信

童年，是每一個人的幸福回憶。在我的童年中，我最喜歡的就是玩樂高了！樂高，在我的童年回憶中，一刻也離開不了它。我的每一塊、每一件樂高都是爸爸辛辛苦苦，用他的薪水換來的。所以，每當我觸碰它，彷彿沐浴在「父愛」裡，那是多麼的甜美、快樂！每當我完成一件作品，爸爸總是放下手邊工作，幫我和樂高們拍張紀念照。

直到有一天，那就是十歲生日後，爸爸竟然把我心愛的樂高捐出去了……。那時的我只感受到無盡的悲傷，於是，問爸爸為何要這樣做時，他卻只說：「等你長大了，自然會了解。」當下，聽到這樣的話，心中不禁悲從中來。我天天都想著：如果我的樂高能回來的話，那該有多好啊！

時光飛逝，轉眼之間我已經上國中了，我突然發覺：我懂了！找到答案了！原來，父親把樂高捐出去的原因是：他認為我長大了，這些樂高可以帶給下一個孩子或是家庭歡樂。體悟到父親的偉大想法時，突然有點後悔當時的誤會與不諒解。

至今，樂高依然是我的最愛，但願我能效仿樂高的偉大理想，去幫助那些需要光明、需要歡樂的人們，成為世上的一絲光線，照亮在黑暗裡行走的人們。

我童年時最喜歡過年

謝心穎

人的一生中都有一段最美好的時光，有些平凡無奇如路邊的小草，有些使人感受深刻，永不忘記，而那其中又有一些令人擁有深刻印象卻又平凡、單純的回憶，就是童年的過年時光。

過年，在多數人中是平凡的、無趣的，但在我眼中，是個美好的時光。美好的原因是過年不只可以吃山珍海味，還可以拿壓歲錢！這在孩子們的眼中就是寶呀！每年唯一可以讓身材、錢包都「膨脹」的機會，怎麼不喜歡呢？

還記得每年過年時，家中的奶奶就會煮大餐，有時是美味海鮮，有時是色香味俱全的甜品，每一年都會讓大家驚呼連連。奶奶的做菜技術和電視上美食節目的廚師可是不分軒輊的呢！每次想到過年團圓的回憶，就彷彿回到當時一樣，相同的美味就在口中散開來。吃完飯後，就到了孩子們最期待的壓歲錢時間了！每個孩子就像看到獵物時的飢餓動物似的，直奔大人的身旁，說：「恭喜發財！」想要讓自己的錢包飽滿的心情，我也體會過。那種單純無憂無慮的感覺，是最美好的幸福。

現在上了國中，不像兒時那樣可以無憂無慮的享受過年時光，但美好的回憶永遠長存。兒時的過年團圓是平凡又令人有深刻回憶的事，會一直記著，像天上的雲朵，很簡單的回憶，很簡單的幸福。

我童年時最喜歡撈魚

謝鎧鴻

相信每個人童年時都有一樣最喜歡的東西或最喜歡做的事，我也不例外，我童年時最喜歡做的，無疑就是在桃園鄉下的田間水溝撈魚了。

記得數年前，那時還住在桃園鄉下的我，每天最喜歡在水溝裡撈來撈去，還記得那時我如果能抓到個一兩條小魚，就足以讓我開心一整天，因此，撈魚成為了我童年時最大的娛樂。還記得當時家中最會撈魚的就是爸爸了，不只小魚，就連大隻的吳郭魚，對爸爸來說也猶如反掌折枝般簡單，而且，就當時的生態環境而言，爸爸甚至可以撈到蝦子和螃蟹。每到假日，爸爸就會抓一整桶，魚的鱗片猶如星星般閃閃發光，那時的我總是看得目瞪口呆，對爸爸的敬仰之情已無法用言語形容。

但好景不常，河川及湖泊的汙染已漫延至我童年時的家園，在我小學六年級時就看不到什麼魚了，雖然在夏天水質清澈時，還是能看見些許大肚魚和青蛙在水中悠游，但從那時開始，我就不再撈魚了，因為那些可是我童年時不可抹滅的回憶，希望我可以把那些珍貴的回憶留到以後，甚至下一代，我就可以變成當時受孩子仰慕的父親，也不致愧對那些魚蝦們了。

雖然現在已搬出舊家，娛樂也變成了電子產品，但我以後一定會常回桃園鄉下，看看我童年時最愛撈的魚蝦們現在到底過得好不好？

選文主題：
常常，我想起……

常常，我想起他的溫暖

于子涵

小的時候每逢春假、暑假，爸爸總會帶著我們一家子回到他的家鄉──臺南，去探望阿公、阿嬤。每次回去，我最喜愛的就是去找面容慈善、充滿溫暖的阿公。

有一次，我感染了當時盛行的「A型流感」，回到爸爸的老家時，我無法使力去找阿公，那時的我非常難過，突然有個步履沉穩的身影，緩緩走向我，「是阿公！」阿公伸出滿是皺紋的手，輕輕的摸了我的頭。雖然只是一個小小的、再平凡不過的動作，也沒有任何對話，卻吐露出一種溫暖的情感，令我銘記在心。

隨著時光流轉，姐姐、哥哥和我都長大了，爸爸帶我們回臺南的次數隨之少了許多，而我總是一直思念著阿公，希望爸爸能再帶我們回去。然而沒想到的是，那次回去之後，竟看到阿公虛弱的躺在床上，雖然已是這種狀態，但看見我們的到來，阿公依舊盡力露出那帶著溫柔的微笑。看著阿公的微笑，我雖然非常開心，但知道他的身體一天比一天來得虛弱，不禁難過了起來！

之後，阿公去世了，一想到以前我倆在一起的時光，又想到今後再也看不到他那溫柔的模樣，我哭了。我好後悔，要是以前再多回去探望他，多陪陪他，是不是就不會有那麼大的遺憾了？如今我只能在回憶中來思念他的笑容了。

時間就像一匹隱形飛馬，當你注意到它時，它早已一去不回，身旁的長輩就這樣不知不覺的老了，你會忽然發現還有好多事都沒做，還有好多話沒對他們說，然後自己也不再年輕了。請好好珍惜我們的親人，雖然捉不住飛馬，但我們可以掌握相處的每一刻。

倘若有一天，我也老了，希望我也能像阿公一樣的溫暖，即使身患病痛仍努力的微笑著，努力的活著，樂觀地面對生命中的每一天。

常常，我想起他的背影

王婉婷

有一次我看到鄰居在大掃除後，把家中的廢棄物都搬了出來，有家具、有回收物、有塑膠……看到那些回收物，就讓我想起了那個撿拾回收物的阿嬤。

阿嬤，她總是駝著背，穿著破舊的衣服，腳下拖著那雙深色塑膠拖鞋，步履蹣跚的在街上徘徊，時不時往店家裡面張望，尋找回收物。只要看到可回收的物品，便趕緊上前用謙卑的態度詢問是否可以給她。有些店家很和善，還會幫阿嬤把東西搬出來，但有些店家卻會用嫌惡表情趕走阿嬤，彷彿她是令人生厭的蒼蠅般，這景象，讓我感到很心酸。

每當想起回收阿嬤那張布滿皺紋的臉時，我真心覺得她很可憐，不管是颳風下雨的壞天氣，還是特別容易中暑的炎炎夏日，她都會出現在街上撿回收物，我總是很疑惑，為何阿嬤年紀那麼大了，不留在家裡好好休息，陪孫女、孫子享受天倫之樂？而是在街上滴下汗水，承受風吹日晒雨淋，辛勤地回收物品呢？他的家人呢？為什麼沒有人照顧他呢？

直到後來聽了鄰居們的說明，我才了解。她撿回收，賺那一點點錢，是為了積沙成塔、聚少成多，多攢些錢供幼稚園大的孫女讀書，因為家裡只有孫嬤二人，家中經濟全靠阿嬤一人獨撐。阿嬤年紀大了，無法上班工作，所以只能靠撿回收來維持家計，而她兒子早在好幾年前，因為事業失敗，積欠了一屁股的債務，最後自殺身亡，獨留孫嬤兩人。所以，這位阿嬤很偉大，有如天上的太陽一般，給她的孫女溫暖，讓她成長茁壯。為了孫女，她願意做任何事，無私地為她付出。阿嬤，真的好辛苦！

因此，我總是告訴自己，當看到有人在撿拾回收物時，我們不應該恥笑他們，嫌棄他們，反而要從另一個方向想，他們是在協助大家清理環境，而且是憑自己的雙手賺取金錢，況且當他們做這些事時，或許背後有一段不為人知且溫暖人心的故事呢！

常常，我想起他的那雙手

李作昤

歲末的尋常午後，為了整理家中環境，我輕輕推開許久未進入的房門，映入眼簾的是那張奶奶最常坐的搖椅，我的心揪了一下……往事湧上心頭。我，想起了奶奶那雙粗糙卻溫暖的雙手。

奶奶，辛苦拉拔我長大。童年時，因為父母工作繁忙，難以抽身照顧我，於是，奶奶就如同母親般照顧我所有的生活起居。記憶中許多的生活習慣和為人處事的道理都是奶奶教會我的，幼時的我愛耍性子，常常無理取鬧，即便如此，奶奶仍慈愛地包容我，所以我與奶奶的感情猶如麻糬一般，難以分割。

奶奶一直都是個克勤克儉的人，但只要是為了我，絕不吝惜金錢。那一次，也是冬日的午後，我們祖孫二人到市場逛街，眼尖的我，一看到攤販在賣新玩具，忍不住跟著過去多看幾眼，奶奶隨後問老闆價錢，並多問了幾句如何操作，但老闆卻以相當不耐的語氣回應奶奶，並調侃奶奶年紀大了聽不懂，浪費他的時間。

當下的我，不捨奶奶被欺負，顧不得身材的懸殊，以及年紀的大小，一股勁的就想衝過去跟老闆理論，是奶奶硬是把我拉住，用她那雙溫暖的手握住了我，把我拉回家。路上我再也忍不住，哭喊著：「為什麼總是奶奶陪我，爸爸媽媽都不在我身邊？」奶奶默默把我的手握得更緊了些。

回家後奶奶為我舀上一碗暖熱甜軟的紅豆湯，讓我冷靜後，慈祥地跟我說：「事事不會盡如你意，與其跟人家爭吵，不如自己轉換心態。別只在意自己沒有的，不如想想自己擁有的。」這時，我專注的看著奶奶的皤皤白髮，奶奶的臉上早已被歲月偷偷的畫上好幾筆，充滿智慧又溫柔的眼神，再到她那雙一直緊握住我的手，那雙手因操持家務，有著厚繭，不再纖細，卻是我這輩子最柔軟的溫暖。

驀然回神，思緒回歸現實，輕拍搖椅上累積許久的灰塵，奶奶雙手的溫暖，和她那一句句的人生哲學，深深烙印心中。

關上房門，寒冬的午後，那雙手，讓我的心，暖暖的……

常常，我想到她的八隻手指

李宜臻

只要我碰到鋼琴，就會想起她和她的手指。不知她在天上過得如何，我相信她還是用她的雙手帶給別人勇氣，希望下輩子還能遇見她。

小時候，我就對音樂非常有興趣，所以爸爸、媽媽讓我去學鋼琴。我第一次上鋼琴課時，是既開心又緊張的。當我看到老師慈眉善目的面容時，我安心許多。不過當我看到老師的雙手時，卻嚇了一跳，因為老師只有八隻手指頭。老師見我被嚇到了，她也自我介紹說：「小時候玩線纏住了手指都沒人發現，所以導致最後組織壞死切除。但她對音樂的熱愛，從沒因為她只有八隻手指頭而少過。

她非常努力練習鋼琴，她知道自己必須比別人更努力，她用八隻手指頭在鋼琴上彈奏動聽的曲子，她也用八隻手指頭帶給我彈奏音樂的興趣，想著她都可以做得到，為什麼擁有十隻完整手指的我做不到呢？她用親身經歷讓我學到天下沒有做不到的事，事情只在於願不願意努力去做而已。

我跟這個老師學了三年的鋼琴，每當我在練琴時都會想到她，想到那八隻手指及八隻手指的堅毅、不放棄。

在我要上鋼琴課的某天，媽媽從電話裡接到一個惡耗，傳來鋼琴老師在前一天晚上出了交通事故去世了。老師突如其來去世的消息令我震驚，我當時聽到消息，也是難過得不能自已。但是我感受得到老師在我身旁，告訴我要加油，要好好練琴。

事情已過了三年，但是每當我彈奏鋼琴時，都會想起老師帶給我的勇氣，和讓我難忘的八隻手指，還有那八隻手指的堅毅、不放棄的精神。

常常，我想起她的愛

李紹宇

常常，我想起母親對我的愛。她日夜不辭勞苦的為這個家付出，她就如同冬天的陽光一般溫暖、照亮了這個家，而又不會太過炙熱。她是我的天使，用她那豐厚而飽滿的羽翼守護著這個家，而放棄了在天空自由飛翔的機會。讓我想起她對我的愛，最觸動我心靈的一次，是在那個綿綿細雨的清晨。

在十針指向六時，窗外被漫天的烏雲所籠罩，而我們家也正在被流感病毒所肆虐。一天早上，我發起了高燒，雖然母親的身體也正被病毒侵擾著，外頭又霪雨霏霏，但她仍然拖著無比沉重的身軀帶著我去醫院看病。一路上，她的焦急和不安全寫在臉上，即使自己也十分不舒服，但她一路上還是不停地詢問我狀況，對我噓寒問暖，把我看得比自己還重要許多。直到看完醫生後，確定不是太過嚴重的流感，她緊皺的眉頭才逐漸放鬆，放下了心中的大石頭。

在那次之後，她依然持續的照護我，而她一次次的關心、照料也在我的心中泛起了波波漣漪，讓我對於生病的不安感像炊煙般裊裊散去，即使只是一碗白粥，但我覺得那味道勝過世間所有山珍海味、瓊漿玉液，因為這碗不只有粥，還有她對子女無止盡的愛。

也許白雲蒼狗，也許世事難料，但我相信唯獨父母親的愛是永恆而不會變質的。可能她不善於表達，可能她不會用言語來訴說他對子女的愛，但天下父母心，每個父母都是深愛自己子女的。我的父母對我的付出也都令我刻骨銘心，我的心也被他們的愛一點一滴的填滿。現在，仍然常常讓我想起母親的愛。

常常，我想起她的身影

杜珮瑀

是一個炎熱難耐的夏天，我正要踏入三年的國中生涯。第一次見到班導就印象深刻，那潑辣直接的性子令我哭笑不得，那雷厲風行的果斷行為，也令我對一般女老師的美好印象破滅，卻也沒想到，她會是我心中最重要的生命貴人，陪伴我生活最重要的身影。

音樂班的壓力沉重，於學生是，於老師更甚。老師常常要犧牲自己的時間來處理有關學生的事。有一天放學後，考試未達標準的人需留下來補考，我也罕見地在其中。

教室外皆是嘈雜的聲音，玩鬧的學生，使我的思緒被攪亂，更加心煩意亂，不明白同樣年紀的人，面對的課業壓力和生活怎麼能如此天差地遠。手中旋轉的黑筆愈來愈礙眼，我就是握著它承受一次次痛苦的考驗。

但當老師站上講台，即使有些學生並未專心聽講，仍耐著性子，不厭其煩的講解題目，我的心情起了微妙的變化。講台上的身影深深烙印在我心中，一直是她陪伴在我們身邊，悲傷時給我們鼓勵，徬徨時給我們方向，受傷時給我們安慰。我就這樣凝視著她，如同看著十字架的基督教信徒，堅定心中的信仰，那蟬聲不絕於耳的午後，她成為我心中最難以忘卻的身影。

從此以後，只要我望向講台，眼眸底下不知不覺就會浮現那抹充滿獨特風格的身影，心中的感謝之情也愈來愈濃厚。那枝黑筆也被我當成寶物般保留至今，那是我撐過一次次困難的代表，也被我當成講台上老師身影的信物。班導的身影，連結的是那段跌跌撞撞、挫折累累的成長歲月。常常我想起這抹身影，每一次都帶領著我闖過更艱辛的挑戰，總給予我無比的勇氣面對未來。

常常，我想起她的眼神

林昱伶

每個人的一生，絕不可能是風平浪靜、平平穩穩地過完，每當我遇到艱難的挑戰或是不知如何面對的窘況，我總會想起那溫柔的眼神以及許老師的諄諄教誨。

國小時，我的個性十分膽小怕生，遇到磨練或是難題，總是逃避。每當機會來敲門，便重重的關上機會的大門，而不去把握，任其漸漸遠離、消逝。直到我遇見了我的啟蒙老師——許老師，她總帶著堅定的眼神說道：「一有機會便去嘗試！失敗了不也是增進自己的養分嗎？一味逃避的話，便不會進步！」這番話使我有如醍醐灌頂般頓悟了，機會得來不易，待逝去後才後悔不已，不僅毫無意義，並且也於事無補。

同樣發生在國小時，那時的我不懂得禮貌，在通知同為自治市成員的同學時，進入別班卻不懂得先和其班導告知來由，便直接與同學交代事項，理所當然的被念了一頓，當時鮮少受挫折的我，帶著緊張及忐忑不安的心情，回班上與許老師報告，原以為會招來一陣責備，沒想到迎面而來的是一席溫暖的話語：「人非聖賢，孰能無過？知錯能改，善莫大焉！人都會犯錯，只要妳懂得改過，就會成為更棒的自己！」那股溫暖沿著她柔和的眼神及言語，深深烙印在我心中，逼得我都差點在那溫柔中流下潸潸熱淚……

年少時，難免逃避、犯錯，每一次的難題中，總有那堅定溫暖的眼神陪伴著我闖過重重難關。如今，只要碰到逆境，便會想起那番如春風化雨般刻入我心中的話、以及那堅定的眼神：使我改變、使我成長、使我茁壯、使我懂事。常常我想起她的眼神，那是永生難忘的！

常常，我想起她的付出

邱苡安

人生中，總有個人為幼小懵懂的你包辦大小雜事，也因為這些任勞任怨、無悔的付出，才有如今健康茁壯的我們。偶爾佇足回首，依稀留存於腦海的幼時景象，每當再次回味，帶來的是說不盡的感謝。

凌晨時分，嚎啕哭聲像火柴般劃破寂寥的天際，透進深夜的每個角落。幼時，每當我需要換尿布、喝牛奶或是莫名哭鬧時，最常照料我的，是我的外婆，外婆也是從小到大拉拔我的——超人。

回憶裡，和外婆的日常生活占據大半童年。童年，正是莽撞貪玩的年紀，外婆總牽著我去幼兒園，那厚實又結著繭的手，為我帶來不少安全感；大手牽著小手，相牽繫的手中透著暖心的溫度。

青春期，漸漸懂事的自己，更常聽媽媽講述外婆的人生，從那字句中，漸漸地我拼湊出在風霜中坎坷成長的外婆，霎時，我便明白了，在艱難的年代要好好生活都很困難，更遑論要讀書、學習。外婆雖然懂得不多，但她不辭勞怨地為家庭付出，從未發過牢騷，在風裡雨裡咬牙苦撐，僅為這個家，這個她心心念念的家。

長大後，有時和外婆在觀念上有衝突，我常困惑於她的無知和一廂情願，後來才懂得，外婆那卑微卻又堅毅的心意，她不傻，她把愛都奉獻給這個家，她只是沒有意識到該停下來好好愛自己。有時，不禁難過得想為外婆付出，更想為她添上更多愉悅的幸福節奏，讓她下半段的生命序曲能盡致揮灑樂章。

我想，也或許是因為外婆，我才學會在待人接物時不卑不亢，如果這世界上多點柔軟，少點強勢，會更美好吧？而外婆的克勤克儉和她承載風霜的背影，甚至那雙憔悴的眼眸，常讓我忍不住流下不捨的眼淚。

黃昏時刻，看著她緩慢挺身，蹣跚地往廚房裡去做飯，一如既往耐心地替我們張羅飲食，看著她忙碌的身軀，霎時她所有的溫柔付出，像替我的心披上了一件暖和的圍巾，連忙上去替她擦去汗水，心中輕聲說道：「謝謝您，我的超人」。

常常，我想起他的手

胡樹傑

寒冬將至，家中進行了一番整理，將夏天的衣物收了起來，偶然間尋得一隻斷了手的木偶，我的心隨著木偶，從原本的平靜如水，到五味雜陳，回憶如大海的浪濤一般，湧上我的心頭。

想起當年還小，老師要求我們將自己喜愛的玩具帶到學校和同學分享，然而那時家境不好，根本沒有閒錢買玩具，正為此事發愁的我手足無措，不知如何是好，坐在地上暗自飲泣，這時，一隻經歷了歲月磨練，滿是老繭的手伸向了我。「怎麼了？地上涼，快起來。」一個帶有些許菸嗓的聲音溫柔的說著，我牽住他的手，訴說著自己的委屈，猶如漂流在海上的浪人，終於找到陸地一般，這一刻，是多麼的充滿希望，而這片值得我依靠的陸地，就是我的外公。

到了要帶玩具到學校的那一天，外公將一個木偶放進我的書包，我喜悅不已，這是我人生中第一個玩具，只是有一處不知為何沾上了血跡，當下我並未在乎。本以為可以輕鬆過關，然而就在我上台的那一刻，卻換來了台下同學的嘲笑：「又老又破的木偶！哈哈哈！」我看著他手中的機器人，低下頭，緊握雙手，恨不得立刻逃離現場。回家後，我當著外公的面將木偶丟到地上，而隨著木偶的手斷掉，我彷彿看到了外公的心也跟著碎了。

原來這隻木偶是外公親手所做，為此還不小心割傷了自己的手，後知後覺的我才發現，我已深深地傷害了他的心，我心中萬般不捨，滿是歉意。當晚，我哭著去找外公，並緊緊地抱住他，握住那雙因我而受傷的手，訴說著自己的歉意，他輕輕拭去我臉上的淚水，這時我才意識到外公對我的愛，原來這雙手，那麼溫暖。

時至今日，外公手上的傷已然好了，經由此事我了解到親情的可貴，雖然我們現在相隔兩地，但我仍常常想起他給我的愛，和那雙溫暖的手。

常常，我想起她的身影

張語真

人生路途漫長，遇過各式各樣的人。其中一定有位令妳永生難忘，如石頭盪漾起清水般，影響著你的人，他促使我追尋躍動的音符，探索未知世界。

我一輩子也忘不了那天的震撼。那堅毅不妥協的琴聲，那小小臉蛋所透露的專注成熟表情。國小幼稚懵懂的我並未接觸音樂，頂多只有上過學校的音樂課，從媽媽口中得知，幼兒園時學過一點鋼琴，但一下就放棄了。起初我對音樂沒有多大興趣，但直到見到她的身影，我才知道何謂堅持，何謂專注，何謂音樂。

被爸媽半推半就帶到音樂廳欣賞同學的期末音樂發表會。那時年幼的我，急於回家玩樂，一直嚷著想要回家，直到她上臺，才抓回浮躁的心。臺上的她身披璀璨亮片編織的薄紗，掛著能斬斷所有荊棘的自信笑容，直挺的背脊散發出不同於同齡的我的成熟堅毅。伴隨充滿氣勢的「一、二」，輕快的音符從琴槌與木琴間流淌而出。

觀眾席和舞台都變了樣。我追著那支拿著琴槌的小兔子掉入洞中。起身後只見許多音符在空中飛翔的世界。她即使稍稍打錯，還是專注演完全曲的那份毅力，都衝撞著我心中小小的音樂世界，就像是兔子本身，使愛麗絲深陷於異世界。直至表演落幕，她的身影還烙印在我的視網膜上，久久無法拭去。

誤入音樂國度的愛麗絲，從此便追隨兔子的身影前行。我進入國小的管樂團，遇到伴隨我三年酸甜苦辣的最初的搭檔——法國號。經歷痛苦和悲痛，不想練樂器而逃避現實，假裝不用合奏翹課待在教室。或承受同班同學的言語嘲諷的傷痛喜怒哀樂等，都是追隨兔子背影的結果。

我不知為何在經歷那麼多無法言喻的時光後，也無法放棄那個身影，所以我考進國中的音樂班。目前為止的國中生涯令我非常感謝她的身影，因為有那段震撼，使我跌入音樂國度；因為她的堅毅身影，使我堅持努力到現在；因為她的專注眼神，使我要求自己盡全力專心做每件事，讓我能用功考進音樂班，遇到那麼棒的同學們。

我的人生因為她的身影產生巨大起伏，現在我所珍惜的事物有很多都源自那個身影。我只要每次回憶過往，她的身影必然浮出腦海。我甚至無法想像如果當時我沒有見到她的身影，我現在的生活會變得怎樣，或可能我將會是完全不同的人。她的身影改變我一生。

每個人的一生中都會有位令你印象深刻的人，你無法平息他所造成的波浪，就像直至今日仍讓我魂牽夢縈的她的身影。

常常，我想起他的好

陳立晴

「喀嚓」頃刻，那時的陽光普照，一群歡樂的孩子，每張純真的笑顏，一一被紀錄下來。從沒想過擁有什麼，在這短短兩年，我們總是身在福中不知福，還沒來得及反應，您已為我們裝上能自由翱翔的羽翼，回首，去回憶。是什麼樣的回憶，使我微微一笑？是什麼樣的經歷，使我永生難忘？是誰？使我念念不忘？念念不忘著他的好。

又到了橘子盛產的季節。剛升上小學五年級的那個冬天，為了籌備親職教育，老師毅然決然的決定要來帶著我們做「橘子清潔劑」，從收集材料、製作、分裝、販賣，每位同學無一不參與。那時教室就像一個小型工廠，一群小員工，一個碩大忙碌的身影穿梭於其中，成就了一瓶瓶透著美麗橙光的橘子清潔劑，映著每位同學成就的笑顏，散發著的是成長的香氣。每每到了橘子的產季，那撲鼻的橘香，總會讓我想起那個冬天，滿溢著橘香的教室，還有那提著一袋袋橘子皮默默推著我們成長的背影。

夏日的畢業季，不久將至。抱著期待與不捨，國小的畢業季，聯合了隔壁班，老師用心的策劃了一場水球大戰，為的是幫我們這群小毛頭創造美好回憶。炙熱的夏天，熱情洋溢的我們，上演了一場「我的少女時代」電影中水球大戰的場景，在校園一角，只有我們，擁有這場無比快樂的饗宴，想到其他班的同學投以羨慕眼光，總是不禁暗自竊喜。穿梭在如槍林彈雨般的水球雨中，「喀嚓——」您總是不惜為我們紀錄下每一刻的美好，我們開懷大笑，揮灑青春，彩繪童年，這是否就是您最滿足的回報？

驀然回首，才真正懂得他的好，每個不平凡的體驗，造就不平凡的我們，不管是給予我們與他校學伴交流的珍貴機會，還是帶著我們騎車奔馳於田野間，教我們學會生活，教我們擁有快樂。而他為我們成了一桌的美食，那些諄諄教會，細細品嚐，那些快樂回憶，慢慢飲啜，成長的印記，如味蕾的刺激，傳入大腦，儲存於每一吋神經細胞。他是位大藝術家，將五顏六色的顏料揮灑於每一塊白畫布，而那是致我們最好的禮物。常常我想起他的好，在看到什麼觸發性的印記，猶然而生的微微一笑。

常常，我想起那個聲音

陳宇睿

小時候，學校的老師總是對我說：「只要認真讀書，就會有好的成績。只要有好的成績，就會有很多好的工作等著你。」每當我聽到這句話，總是不免遲疑：「既然老師說只要有好的成績，就會有一堆工作來給你選擇，那為什麼現在社會上這麼多一流大學出身的高材生找不到工作？」這個想法常常在我腦海裡出現，覺得老師說的話也不一定是正確的，於是我開始故意跟老師唱反調，認為既然老師說的話不是完全正確的，就沒必要聽從，不然自己就是盲從而已。

抱著這種想法到了小學五年級，遇到了一位我生命中的貴人。因為不想盲從老師，五年級以前的課業是荒廢的，直到遇到了這位老師。他看到我這麼頹廢，就一直想要幫我把成績拉回來。想盡了各種辦法，但是我也一直跟他說我做不到。

有一天，他把我叫到辦公室，對我說：「孩子啊！你覺得你現在的成績已經盡全力了嗎？如果沒有，那又為甚麼不盡力完成呢？我相信你做得到，只是你不想做而已。」他這段話在我心中泛起了漣漪。「是啊！我為什麼要這樣頹廢呢？就只是因為其他老師說的話，我就要這樣放棄自己嗎？」我自己在心裡面這麼想。「以後一定要盡全力完成每一件事！」我這麼告訴自己。

這件事過後，每當我遇到跨越不過的障礙時，常常想起老師說那段話時的聲音。那段話總是能帶給我滿滿的勇氣和信心，讓我重新去挑戰那道障礙，重新發現自己的能力，重新審視自己的目標。那個聲音，是我積極向前邁進的動力；那個聲音，常常，在我耳邊繚繞不去。

常常，我想起她的笑

陳弈晴

陽光和煦的午後，我像隻慵懶的貓窩在沙發上享受愜意的放鬆時光，信手翻閱相本，也翻起手中的回憶，時光流轉使我回味起照片那點點滴滴的酸甜苦辣。

那是一張再普通不過的合照，兩個小女孩手勾著手，臉上堆滿著稚嫩的笑容，她的皮膚黝黑，但有一雙深邃明亮的眼眸，五官比例也很勻稱，稱得上是個美人。她是個運動健將，雖然總嘲笑我跑得慢，但當時的我們很愛笑，很單純，是最好的朋友。

隨著四季遞嬗，隨著每一年的成長，青春期的我們變了不少，除了外在的變化、內心的掙扎，似乎還有什麼正在流逝。長大了，似乎也比以往更容易為了芝麻綠豆等小事吵架，我突然怔了一怔，難道成長會使人變得更幼稚嗎？

那年，我們又因意見不合、沒有良好的溝通而吵架，各種理由讓我們倆分分合合，而且每一次的爭吵都讓友情產生更大的裂縫，即使合好了，裂痕似乎永遠都在，雖然形式上一次又一次的合好，但卻也使我們更加疏遠。

這麼多個寒暑過去，偶爾會在路上碰見，但也僅止於相視一笑罷了。這些年來仍然沒變的大概是那笑容吧！水汪汪的眼笑起來時像月兒一樣彎著，天真無邪的笑容其實無論誰看了都能會心一笑，但是為什麼我們卻變得尷尬？

我只能輕輕地隔著塑膠套撫摸那張合照，注視照片中我們的燦笑，也緩緩揚起了嘴角。一段友情即是一段緣份，如果沒有把握好就像蒲公英的種子，稍縱即逝。即便散了，還是存有美好的回憶。

靜靜闔上相簿、閉上雙眼，將這份回憶牢牢的鎖在內心深處。也許，在某個深秋，我又會再憶起她的笑。

常常，我想起她的衣服

陳思姍

我們家的家境不算特別好，又還有房貸，所以不太常買新衣服。可是媽媽每次出門採買總會問我想不想買衣服，我常問她為什麼不買給自己呢？她總是笑著回答：「不用啦！我的衣服還能穿！」

每次，她這樣回答，我都莫名覺得難過，我想到她穿了好幾年的衣服。她從不買比較流行或時尚的衣服，總覺得好穿保暖就好，就算不是知名品牌也沒關係，買之前也會很仔細地比較價錢，買回來又穿得很久很久，破了也捨不得丟，一直強調這些衣服真的很保暖又好穿。

我印象最深刻的兩件衣服，一件是她的灰白色睡褲。我記得從我小二開始，冬天每晚，她都穿著它睡覺，那件褲子的褲管已經滿是破洞，實在沒什麼保暖功能了，但每次提醒她該換條褲子了，她卻老是硬拗說穿了很暖很舒服……。還有一件深藍色的帽T，因為袖口的縫線已經被磨損得很嚴重，上頭的圖案也差不多被洗衣機洗掉了，我就問媽媽要不要把它回收，結果她竟然說那是她大學時買的，質地好又保暖，聽到的那一瞬間，我只覺得心好痛又好難過。每次跟媽媽提起看到一件漂亮的衣服好想買，她總是二話不說直接掏錢，我看著她衣服的袖口，總會想起她那件穿了好幾年的深藍帽T，那脫線的袖口，深深印在我的心裡，每每想起總讓我覺得心在抽痛。

我知道媽媽這麼節省都是想讓我買更好更保暖的衣服，可是我每次想到她身上穿的衣服已磨損不堪，就覺得很難過也很感動，很感謝媽媽對我的付出，希望她可以對自己好一點。我也默默的告訴自己，以後賺了錢，一定要買質料更好更保暖的衣服給她穿。

常常，我想起他的叮囑

陳柏志

寒風刺骨的冬日，手緊緊地縮在衣服的口袋裡，開始後悔自己為何不多加件衣服。每次聽到長輩大喊：「天冷了！多穿一些衣服好保暖。」彷彿馬耳東風般，置若罔聞。

穿那麼多衣服要幹嘛？自己有足夠的「油脂」可以「抵禦」冷高壓的威力，叮嚀東叮嚀西的，令人煩悶！可是長輩皺著眉頭，擔心他的寶貝乖孫著涼、生病，但只顧著享樂的我，才不在意那麼多咧！

今年，同樣溼冷的冬日，我同樣後悔自己為何不多穿些衣服。可不同的是，少了聲叮囑。那聲叮囑，已隨著風，飄往了「西方極樂世界」；那聲叮囑，已隨著往事，一併沉在了我的心坎裡……。

爺爺的驟然離世，使我開始懷念，那一聲聲、一次次的叮囑……。我開始懷念那一聲聲的「囉嗦」。是呀！當下只覺得很厭煩，覺得自己都長大了，不用別人一直提醒吧！可當人真的離開了，才開始發覺，自己當時真是太聰明了！把長輩的話當作耳邊風。我想，爺爺當時煩惱，我都不聽他的規勸，也在煩惱，他還能叮嚀我幾次……。

「把握所有和你相處的人的每一刻，因為，你永遠無法預知下一秒會發生什麼事！」我就是一個很不好的例子。到了現在才懷念，有什麼用？家人的叮囑，永遠都對你有益。好好聽家人的叮嚀吧！別像我一樣，做出了「天大的『好』事」……。

如果時光能回到前年的冬天，我一定改過自新，多穿一件衣服，多陪家人談心，多聽爺爺叮嚀，因為「你永遠無法預知下一秒會發生什麼事！」

那一句句看似囉嗦的話語，卻是自己需要的叮囑，也是對自己有益的提醒，更是愛的象徵呀！常常，我想起爺爺的叮囑，並深深懊悔著：「為什麼我當時不聽呢？」

常常，我想起她的串珠手鍊

陳祿青

冬日午後的暖陽，曬得人暖洋洋的，慵懶的伸了伸雙手，我居然不小心睡著了。擦去嘴角的口水，到廁所洗把臉，瞬間清爽了許多，意識也跟著甦醒了過來。倏地，我留意到書桌上半開合的相簿，才恍然想起，我原本正在看相簿。指尖輕輕翻開相簿，看著照片裡那個年幼的我，手上那串串珠手鍊，不禁又陷入回憶的漩渦中。

我是被奶奶帶大的，從在牆壁上塗鴉的年紀，到能夠讀書認字，再到小學畢業那天，我的世界裡一直都有那個駝背嚴重、步履蹣跚的身影，當然還有那串紅白相間的串珠手鍊。

那條串珠手鍊的由來，要從一個裝滿茉莉花，飄散著淡淡的清香的慶賀花籃說起，因為籃中點綴著幾顆晶瑩剔透的珠子，奶奶就將它們串成一條手鍊，做為我來到這世上的第一份禮物。嬝美鮮血的朱紅色從中暈染開來，搭配著有如牛乳般純淨潔白的素色。這條紅白相間手鍊的存在，總能在我心裡激起圈圈漣漪，似乎還夾帶著一股若有似無的茉莉花香。這股清香與奶奶房間裡的味道如出一轍，也許正和當初那個花籃的味道一樣吧！也為舊時回憶染上了一層花香。我的世界可以說是奶奶為我開啟的，然而，浸淫在幸福中的我，從來沒有想到那一天來得這麼快……

那一天，我從國小畢業了，奶奶也從她的人生中畢業了。她走得很安詳，露出滿足的笑容，那一抹微笑多麼熟悉，卻也多麼不習慣。往後一個月日子的記憶我已經不記得，彷彿我不存在過，唯一還殘存在記憶裡的是那股茉莉花香以及那串串珠手鍊和熟悉的奶奶的味道。那一陣子我不曾拿下手鍊，因為它是艘承載著回憶的小船：奶奶為我做飯的回憶、帶我出遊的回憶、教我識字的回憶……。每晚，都是那股味道伴我入睡，就像奶奶在我身旁一樣。

但是，不明的，手鍊卻離奇的消失了。我發了瘋似的胡亂翻找，卻都一無所獲，那時我才明白，奶奶已經走了。我無法控制自己，放聲大哭。這時候爸爸走來，輕輕拍我的背，溫柔地說道：「奶奶從來沒有離開過妳，縱然軀體已經不在了，她的靈魂一直活在妳心中，過往的回憶也不會就此煙消雲散。這樣就足夠了，不是嗎？」父親的話語一直迴盪在我腦海，縈繞在我心口。好似洪鐘般，敲響我的心智。那時，我才脫離了行屍走肉的生活，找回了自己真正的情感。

現在，我已經能坦然接受人類——生、老、病、死——的自然現象了，因為我知道，縱然軀體不存在，奶奶也會永遠活在我心中，應該說，她不曾離開過。

這天，看完相簿後我早早就寢了，卻總翻來覆去輾轉難眠，於是走到陽臺，倚在欄杆旁靜靜的享受一個人的夜晚，全世界只剩我一人，只能聽見自己的呼吸與心跳聲。那懸掛天上的滿月是多麼皎潔明亮，多麼地圓滿。一陣輕風拂來，帶來了那溫暖的語調，輕柔地對我呢喃，似乎也有些許淡雅的茉莉花香，這樣美的夜晚，奶奶也看見了吧？

常常，我想起她的家常菜

陳綵婕

「番茄炒蛋」這道家常菜，想必是每個人家中都曾經出現在餐桌上的一道料理。每天放學回家，總是看到媽媽在廚房裡跟晚餐甚至是整個廚房戰爭，「砰！砰！砰！」弄著鍋碗瓢盆，她不是大人物等級的總鋪師，做的菜頂多只能讓全家人不會餓肚子罷了，而她的拿手菜就是——番茄炒蛋。

媽媽的番茄炒蛋並不是有多美味，多麼的讓人驚艷，是一道平凡到不能再平凡的菜餚，不過為什麼我會如此的對它念念不忘呢？是因為它的香氣——濃郁的蛋香夾雜著番茄的酸甜香氣嗎？不是；是因為外觀——紅黃相間的番茄和蛋，濃稠的醬汁上還灑了幾片蔥花嗎？不是；是因為口感——滑順的蛋和酸甜的番茄，配著醬汁，讓我可以吃好幾碗飯嗎？也不是。啊！真正的原因是來自於媽媽的愛。

一場車禍霸道的搶走了媽媽的性命，還有那道番茄炒蛋，在那之後，廚房裡再也沒有了「砲火與戰爭」的聲音，餐桌上少了幾道家常菜，包括我的番茄炒蛋，空虛感一瞬間蔓延全身，我縮著身子，眼淚慢慢的落下，不久就變成巷口頭到巷口尾的嚎哭了。

即使時光慢慢地流走，我對媽媽的愛跟情仍然不變，我對那道番茄炒蛋的思念更是不滅的。嘗過上百家的番茄炒蛋，總覺得少了一個味，或許那個味是來自我們彼此間的回憶——愛跟思念。即使物是人非，媽媽也會永遠在我心中留下一道番茄炒蛋的美好滋味。

常常，我想起他們的真心付出

湯佳瑄

每天的晚餐時間，我都會和家人一起坐在電視機前收看新聞，關心最近發生的種種事件。有一晚上，新聞報導一個駭人聽聞的消息——在一場火災中，又有殉職的消防人員了！家屬就眼睜睜地看著自己含辛茹苦養大的寶貝孩子為了救災葬身火場，犧牲了自己寶貴的性命。

看到這則新聞，我感到痛心萬分。不僅僅是因為有消防人員不幸殉職，也是因為我們的疏失造成火災；更是因為他們的任勞任怨、無悔的為我們默默付出。然而，我們有時不但沒有感謝他們，甚至於去責備他們，仔細想想，比起他們，我們又算是甚麼？有時多付出一點，就斤斤計較，而警消人員為人們付出的卻是我們的幾千倍、萬倍呀！

一次出門，媽媽帶我去菜市場買菜，當時我才五歲，菜市場對於我這個年幼的小孩來說，簡直是全世界。我一看到好玩的東西，就被吸引了過去，也不顧安全，便和母親走丟了！當我回過神時，母親的身影早就不見了，我著急地跑來跑去，一個沒注意竟然橫衝直撞地要穿越馬路，一聲接著一聲的喇叭聲及怒吼，把我嚇得定在馬路中央，放聲大哭。在我差點被撞到那一刻，一名交警衝了出來擋住了大貨車，好讓我安全通過，然後，趕緊把我帶離老虎的血盆大口，使我安全的回到市場裡，找到母親。這個刻骨銘心的回憶，不僅讓我得到了教訓，也使我感受到警察的暖心及對人民不求回報的真心付出。

從那一刻起，我便立志要成為向警消人員一樣能他人著想，人飢己飢、無悔、不求回報真心為人們付出的偉大人物。

警消人員在救災時，想到的是如何使受災的人們安全順利的逃離，卻唯獨沒有想到救災後，自己是否可以順利的逃生。他們將一生的心血和時間都放在救人上面，不顧生命的勇往直前，凡事都為他人著想，使這個世界平安詳和，這就是發自真心的付出，也是我們應該效法的偉大精神。

常常，我想起他的背影

黃宥云

我常常在腦海裡反覆回想著那身背影，在一片大大的田裡，拿著鋤頭，一鋤又一鋤的翻土，每一次鋤頭的起落都非常紮實，也因如此，身上的衣服很快就濕透了，汗水仍然不斷落下，工作也持續進行，就連太陽也毫不客氣的照耀。

爺爺在我的記憶中，永遠是最辛勤但卻從不抱怨的人，看似默默不語，其實是涵養深厚的人。即使生了病，也是帶著笑容讓我們能夠放心，他那慈眉善目的面容更讓我親近。小時候的我非常怕黑，爺爺便陪著我在夜晚時上廁所。當考試的成績進步時，便給我鼓勵。不需要太多的話語，只需行動表達愛。

每年暑假我們都會回去爺爺家住兩個星期，在這十四天，每天都到菜園裡澆水、施肥。但由於當時年紀小，阿婆負責照顧我們，爺爺則下田耕作，我坐在旁邊看著爺爺辛苦工作，身上的汗水不斷滴下，我提醒他要休息，雖然他嘴上答應，但身體卻毫無動作，十分堅持要把事情做完，我只好仰望著高大的爺爺，看著強烈的陽光照射在他身上，望著他的背影，那辛苦耕作的背影。

現在的一切都已物換星移，那片田已經不再種菜了，而是租給其他農家種稻，而我最親愛的爺爺也已去世了。當年的景象已不再重現，但是爺爺在田裡耕作的背影，永遠都留存在記憶中，讓我時常想起。

常常，我想起她的微笑

楊宗翰

很多記憶，在人們的大腦中不斷地被抹殺，但有些記憶就像是熱鐵烙膚般的銘刻在我們心中，至今都無法將它從浩瀚的記憶儲存空間除去，所以，讓我緩緩道出那電光火石的片刻吧！

那天，一派日光把正在沉睡的我打醒，把在惡夢中的我從地獄解放了出來，正因為這件事，我想：今天應該會是好日子吧！但好景不常，才在前往學校的路上，一下子烏雲蔽日，霹靂環起，彷彿隔世一般，沒多久，天空嘩啦嘩啦下起了大雨，可是我卻沒有帶傘，真是屋漏偏逢連夜雨啊！

在風雨的催促下，我強忍不停顫抖的腳奔馳了起來，沒想到一道強而有力的風，竟把我從人行道上推了出去，我下意識地往前跑，但突然間，我的腳竟然掉進了路面的坑洞拔不出來，在我大聲的求救下，有一位彷彿天仙般美麗的女子，協助我從「天坑」中爬出來，我急忙地向她道謝，她只對我回眸的一笑便離開了。「今天我總算改運了！」我心想。

經過這個事件後，每當幫助別人時，都會想起她溫柔的笑容，彷彿前世今生曾經見過似的那麼的鮮明。在一次母校運動會時，這個疑問竟然解開了。當我在操場旁為弟弟加油時，一聲天籟耳熟的聲音觸動了我，我發現救我的那個人後來竟成了我的導師啊！這令我大吃一驚，原來我們擁有那麼好的緣份。

至今，我都還非常懷念那位老師，也很感謝老師的恩情，因此在教師節時，我永遠會獻上最有誠意的一句話：「老師，謝謝您！」

常常，我想起她的笑聲

詹紹麒

「哈——哈——哈哈哈！」一個開朗的聲音傳遍了整個房子，這樂觀的笑聲，讓大家的精神也隨之振作起來，這具有強大力量的發聲者，就是我那個個性真誠且充滿著熱情的四阿姨。

因為這特別的笑聲，只要一聽到就知道是她來了。我小時候常常會認為這聲音和卡通裡面邪惡的巫婆笑聲很像。然而在小學六年級的一次生病中，我對她的笑聲有了新看法。暑假常是許多傳染病的好發季，那時正流行腸病毒，我身為環保股長，經常要處理垃圾，當教室有同學染病時，我一下子就被傳染了。得這種病毒，手口足會起大量水泡，尤其是咽喉，只要吃一口稀飯，有如用砂紙磨擦喉嚨，痛不欲生。

當時，媽媽要上班，沒時間照顧我，就把我託給四阿姨。晚上我吃一碗麵，才吃兩口，眼淚就快把餐桌整個淹沒，但四阿姨很堅持要我吃完，她說：「吃多一點，才會變強壯，可以抵抗病魔！」我最後終於把一整碗麵都吃完了，還受到她讚賞。我當下覺得，這比考一百分、得第一還要更偉大。我在她家，只吃過一次止痛藥，她總是說「只要吃多一點、多睡覺，生病一下子就好了，不用吃藥！」果然，隔天喉嚨完全不痛了，透過四阿姨細心照料和我多多休息，不消一個星期，就可以去上學了。

現在我聽到她的笑聲，就會想起她這種樂觀、豪爽的個性。她在我生病時，都用一種直接、不拘小節又充滿關愛的方式安慰我。遇到困難時，她總是往好的方向去想，讓自己充滿鬥志。她的笑聲就有如天使一般，將這種樂觀、開朗的情緒氛圍傳遞給周遭那些愁眉不展的人，讓大家和她一樣，用正面的視角看人生！

常常，我想起她的笑容

劉庭妤

我的床底下，放著一個看起來毫不起眼的大箱子，裡面有許多雜物，可能是上面已經積了灰塵的原因，我不常打開它。但是在某一次大掃除時，我心不甘情不願的在被催促的情況下把它翻出來。打開後卻被一張照片吸引了！仔細一看，才記憶起這已經是三年前的照片了，頓時許多記憶如泉湧般的浮現在眼前。

三年前，我與家人回去廣東的外婆家過年，也見了好多親戚，可是我卻不自覺的被一個女孩吸引。她只大我四個月，不過按輩分來說，我卻得叫她「阿姨」呢！但是因為年紀相近，我們兩個成為了朋友，我常常叫她曉曉。我與曉曉十分合得來，不僅興趣相似，連喜歡的偶像都相同，完全不因為輩份跟國籍而受到影響。

我跟曉曉常常一起出去玩，她帶我去外婆家附近的山裡玩，我也會拿著外公買的小玩具跟她一起分享，或者一起蹲在地上討論著繁、簡體字的差異等等。跟曉曉一起的那段時光真的很快樂，特別是她的笑容，燦爛到我至今難忘，跟她的合照我也小心翼翼的保存著。

在回台灣之前，我跟她交換了聯絡方式，不過她的手機後來就壞掉了，因此，我們聯絡的次數也少了許多。沒了聯絡的媒介，我只能反覆的看著那些照片，想著何時能再回廣東一次，看一次曉曉那燦爛如暖陽的笑容。

常常，我想起他的背影

蔣依蓉

當夜深人靜時，我獨自走在回家的路上，總會不自覺的想起他在黑夜中獨自走回家的背影，似乎風再大一點就可以把他吹走。

小時候我們總是一起玩、一起笑、一起哭、一起鬧，像個連體嬰似的，隨時連在一起。我的功課不太好，但他還是很有耐心地一題一題教我，從來不喊累，只要遇到不順心的事，我總是找他訴苦，他也不會嫌煩，總是默默地聽著我訴說。放學的時候，我們也是一起走，可是我們的家是相反方向，貼心的他總是先陪著我走回家，再自己一個人走回去，我望著他離去的背影，心中總有甜孜孜的感覺，就這樣過了很久，直到一天……

我還記得那天，早上天氣陰陰的，不太好，在學校他哭著跟我說他要轉學了，因為他的爸爸工作被調到南投去了，當天下午就必須要搬走了，我們以後再也沒辦法見面了，當下我聽到這件事，還不太相信，有點震驚！好像突然被醫生宣判了不治之症一樣，愣在那裡發呆，過了好一會兒才回過神來。到了放學，我們趕緊用最快的速度衝回他家，看見他家的房子已經被清得一乾二淨，傢俱也全部被搬上了大卡車，他爸爸吆喝著他要趕緊上車了。當車子發動時，他把車窗搖下來跟我道別，就這樣，我看著他的背影慢慢地消失在我眼前。

後來，當我一個人走在回家的路上時，我還是會想到，他曾經陪著我一起走路回家的那段時光，一起經歷過的那些酸甜苦辣，想起來總覺得有些酸楚。直到現在，我們再也沒有見過面，之後每當我獨自一個人走在回家的那條路上，我依然會常常想起他那熟悉而又模糊的背影……

選文主題：
從心出發

從心出發

江以恩

人身上的每一個器官都各有各的功用及地位，若是少了甚麼，人就不完整，甚至造成生活上的不便。但那些天生或後天有殘缺的人，究竟是怎麼一路走來的呢？

歷史上有很多關於器官殘缺卻十分勵志的故事，如：海倫・凱勒、貝多芬……，他們有的看不見，有的聽不到，卻靠著自己的努力和堅持，有了不凡的成就，不過一開始他們一定也無法接受這個事實。看不見世界山水景色的壯麗，聽不出音樂中美妙的旋律節奏，這對人來說是多大的打擊呀！這些事換作在我身上，一定會感到意志消沉，渾身提不起勁。可想而知，每個肢體、器官對我們有多麼重要，簡直是缺一不可！

雖然器官殘缺會使我們的生活出現諸多不便，不過換個角度想，這是不是也算一種福分呢？如果看不見，那些醜陋的、不堪入目的事物也不必看見；如果聽不到，人群中的閒言閒語、謠言也就不必在意了。甚至，在這樣的環境下，也可以使他們更加勇敢、剛強，面對上天設下的各樣挑戰，不用感到自卑，不需覺得自己和別人不一樣，「關關難過關關過」，只要去做自己認為正確的事，這些障礙也沒甚麼好害怕的。

「天生我材必有用」，就算自己身體不如別人健全，就算社會無法接受他們，只要內心的力量夠強大，他們也可以和正常人一樣。

從心出發

吳依珊

在這世界的某處，有一群人失明，可是他們卻在這世上以聽力及其他器官努力生活著；在這世界的某處，有一群人出生就不比一般人聰明，但他們卻用「心」在做每一件事；在這世界上的某處，有一群人天生就失去雙臂或雙腳，可是他們卻從不氣餒，努力從心中散發光芒。器官齊全、從小接受幸福的我們，是否曾經想過，這樣的他們，是怎麼不失去希望的？

記得有一次，母親在與我談天時，偶然說到一位口足畫家——楊恩典，她失去雙臂，面對生活有極大的困難，可是，她卻用她的毅力、堅強，努力地練習使用口和腳，最終成為技術高超的口足畫家。有一位因生重病而失明的盲人——海倫・凱勒，雖然失明，但是卻非常努力的做任何一件事，成年後也到處為他人演講，鼓勵眾人不要放棄，只要努力、堅持一定會有收穫……。聽著母親娓娓道來，我不禁想著，若我也失明、失聰，失去某樣重要的器官，是否能夠將悲傷轉為希望，認真用「心」去做每一件事？

其實，在幸福生活中度日的我們，在做每件事或決定每件事時，是否可以轉個角度，換個立場去思考？有次，我與母親經過地下街，看到一群孩童，正在販賣餅乾，他們是喜憨兒，可是她們卻以良心在思考、替別人著想。同樣的，當我們在學校遇到挫折時，應該想著對方、讓「心」先平靜下來，好好地傾聽「心」的聲音並換個角度思考，也許事情並沒有想像的那麼糟；也許換個立場就會好些；也許當其他人在面對同樣事情時，他們是往好處思考的。

在生活中的我們，有時難免會遇到現況不知該如何解決的事情，這時的「心」，其實默默的發出提示訊號，希望能體會他人內心的我們，可以轉個角度再出發，讓自己、讓別人，感受到從「心」出發的態度、感觸，為生活帶來美好的一面。

從心出發

林宥彤

上了國中之後，因為課程的原因，開始學習吹奏樂器，由於國小沒有深入的了解過音樂這方面，所以不管是樂理、聽寫、吹奏等等，都幾乎是從零開始。過剛開始起步時，因為有部份同學也是從頭開始，所以就算落後別人一大截，也不會太放在心上。過了半個學期後，有些基礎的同學，程度開始突飛猛進，但是什麼都沒學過的我仍舊在原地踏步。同學一個個從這個最底層的圈子裡踏了出去，往更進階的程度邁進，而我卻依然待在自己的舒適圈裡踱步不前。

我開始對這一切感到茫然，覺得為什麼要學這些對未來沒有幫助的技能？為什麼自己無法像其他同學一樣順遂？正當感到沮喪、低潮之際，一首動人的樂曲響起，我的心時而飛揚，時而低宕，都牽動著我的心緒。對音樂，內心是喜歡的。冷靜思考後推翻先前所埋怨的理由。學習這些技能除了能排解自己的壓力，是很好的舒壓方式，也是磨練自己很好的方式。重要的是我的心裡是喜歡音樂的。即使有了一定的基礎也仍須精進自己，才會達到進步的目標，而我又從何得知別人達到目標的過程是順遂的呢？所以我決定向著自己的心走。

即使我在音樂方面不比他人有天份、靈敏，也沒有基礎，但是我仍為了追尋自己心裡的「音樂」，而決定比別人多一點努力，透過學習累積基礎，全力達到進步的目標。在聆聽心裡的聲音，告訴自己必須努力前進時，我決定向著自己的心意而前進。

經過了半個學期的天天練習，仔細的照著師長們說的方式去練習，累積了許多經驗，終於也突破了自己。即使是現在，我仍然依循著這種方式，透過這種方式克服各種難關。

因此從「心」出發，傾聽內心的聲音，順著心意的腳步，可以幫助我們克服生活中的挫折，讓我們迎向生活的美好。讓我們帶著我們的心，昂首闊步，邁向康莊。

從心出發

張語真

現今社會變化迅速，人們隨波逐流，人云亦云，鮮少仔細傾聽自己內心的聲音。

馬拉拉——那位在聯合國會議上演講的女孩。她在戰爭的迫害下，遵從自己內心的聲音行動，在子彈的追殺下，她反覆思考，終於找到埋藏於內心深處的願望。為了使孩童都能夠獲得受教權，她展開行動。即使子彈劃破左額，即使她差點進入鬼門關，她還是義無反顧，毫不退縮。堅持自己內心深處的聲音，加上無比的勇氣和毅力。一位女孩在世界洪流中，引發耀眼的光芒。

在面臨重大抉擇時，我會傾聽心之聲。在我心裡的聲音是我最渴求的願望，就像馬拉拉的初衷一樣，都是自身平常不會刻意去注意到的期許。若想要達成心理期許的目標，唯有堅定的行動，才可能達成。用「心」並不是件容易的事，正如同吹奏樂曲時，唯有吹奏者用心去感受音符裡的情感，並循著感覺將自身的感情融入樂音中，才是一首動聽的曲子。用「心」，就像是在黑暗中摸索，只能憑著感覺尋找前進的道路。

先天的障礙或後天的阻礙，都不能使人們退縮。從「心」出發後，觀看世界的角度將不一樣。內心的聲音牽引著我們一步步向目標邁進，傾聽內心，懷抱著希望，站穩腳步，從「心」出發，我們也可以走出一條屬於自己的康莊大道。

從心出發

吳星霈

偌大的世界上，總有些人與眾不同，或者應該說他們是「不平凡」。他們與一般人相比，多了身體上的缺陷與不便，但更多的是用心與努力。在我們一般人忽略的角落和細節，他們總能悉心地一一照顧。如果說一般人是藉著自身天賦佳、跑得快而偷懶的兔子；相反的，他們就是速度慢但卻腳踏實地的烏龜。

樂聖貝多芬在大好的而立之年聽力退化，四十六歲即被判定全聾，雖然耳朵是一個小小的器官，但對身為音樂家的他而言，這一疾患無疑為他的作曲生涯投下一枚震撼彈。儘管如此，貝多芬沒有停止創作，反而憑藉自身力量摸索出獨特的創作方式，雖然作曲效率降低了，但取而代之的是在每個小巧音符、每節旋律以及每章優雅樂譜下的精心巧琢，進而演奏出篇篇撼動人心的樂章。

在這段雨打風吹般的艱辛環境下，他創作出氣勢磅礴並流傳千古的《第九號交響曲》。他曾經在確認失聰後與他的主治醫師說：「我決定掃除一切障礙，我相信命運不會拋棄我，我要扼住命運的咽喉，我要向命運挑戰。」因為這股堅毅的力量，致使讓他成為世紀聞名的音樂家。

身體的每一個器官都是人體運行所需，可以讓我們日常生活更加便利。缺陷帶來不便，醫療科技也無法完全治癒，但這些帶著缺陷的人們，靠著過人的意志力堅強地走出自己的人生道路。

缺少器官從來都不是世界末日，而是人生中新的挑戰、新的開始。在他們身旁的我們，可以適時給予協助及關懷，讓他們能無後顧之憂地探索自己「不平凡」的湛藍晴天。

從心出發

郭昱劭

人類身體的各個器官，都有其重要且獨特的功能，有的主司代謝，有的負責分泌激素，而有的則是平衡器官間的運作。這些器官就像公司裡的各部門，少了一個部門，便會影響整個公司的運作，因此公司運行的健全有賴於完整的部門。這樣看來似乎擁有完整的器官組織，才算得上是一個「健全」的人。真有這麼一個人，在我們旁人看來他是多麼的「不健全」，但他的人生故事翻起我心底的波瀾，讓我感觸良多，他就是——力克·胡哲。

我擁有健全的肢體，平常生活沒有任何困難，可是當我每次遇到困難而感到挫折時，都會不知所措，想要放棄，甚至是想辦法逃避，但是當看到力克·胡哲的影像後，我才知道眼前的困難和挫折，是多麼的渺小，多麼的微不足道。力克·胡哲從出生開始，就缺少手腳，即使如此，他還是努力地創造屬於自己的奇蹟，主導自己的生命故事。他嘗試去做和一般人一樣的事，他能游泳、踢足球、打籃球，甚至連作詞作曲都難不倒他，他努力不懈地克服來自肢體的限制，他的「不健全」反而成為他心中堅持的來源。

如果換做是平常人呢？可以有如此堅定的心念嗎？是否能像這位樂觀的生命鬥士一樣，發憤圖強地克服種種難關？力克·胡哲他做到了，他不但征服各個關卡，還受邀去各地巡迴演說，開朗地分享自己的經驗以及對於「自己」的看法。他讓世人明晰，生活再怎麼挫敗，也不能喪失對自己人生的負責和希望。上帝也許為他關上了一扇門，但同時也為他開啟另一扇窗，這或許是祂給予他的特別禮物，只有堅毅之人才得以承攬，只有真正的鬥士才得以享用，他是上天派遣下來指引人類的使者，更是在幽暗處引導沮喪之人的一擊永恆之火。

因此，在力克・胡哲的身上，我學到在面對挫敗的情況時，更應持之以恆鎖定目標奮鬥，保持堅定的心念，便可以超越原本無法突破的困境，主導自己的生命故事。

從心出發

黃柏霖

人類是世界最奇特的生物，奇特到使有些人認為自己和同類來自外太空。

人類是靠著器官運作來維持生命，例如：靠著心臟的跳動，使血液在全身緩緩流動，或者是靠著小腸來吸收養分……，每一個器官對我們而言，都是缺一不可的。有的器官失去之後，病患則駕鶴西歸了，有的則一輩子都要靠著某種儀器或藥物活著，還有少部分的人雖擁有完整的器官，不過他們的某些器官的功能，並不健康，甚至是遭到損害而失去作用。那些器官不但無法幫助病患，反而造成那些病人的負擔，成為遭病人唾棄的累贅。就算如此，世界上還是有很多的患者，努力的克服，堅強的面對，樂觀的接受。

我的舅舅曾是一個每天都在浪費生命的宅男。自從發生一次車禍之後，漸漸的了解自己以前的行為是多麼的愚蠢，開始想要改變自己。不過已經失去雙腿的他，想改變不是很容易。我的外婆看他天天垂頭喪氣、無精打采的樣子，忍不住說了一句話，她說：「世界上有那麼多偉人也是殘障者，只要有心，也一定可以有所成就的！」之後，他天天都在想，他還能做什麼。最終，他選擇種田，為了克服輪椅的限制，自己花了一個禮拜把輪椅改造成升降，才可以彎著身軀播種，採得到樹上的果實，找回他曾擁有的自信，重新出發，活躍於農業界。

西元一八八零年，美國誕生了一位天資聰穎的小女孩，不過在她一歲多的時候，生了一場大病，上天攫走了她的聽覺與視覺，她的名字叫作海倫・凱勒。透過蘇利文老師的開導，還有她自己非常非常的努力學習、用心感受，利用觸覺來「看」世界，透過觸摸，了解物品的形狀，她的努力，不但讓她成功地學會說話，還成為首位畢業於哈佛大學的殘障人士，也成為偉大的教育家，使身體健全的我五體投地、甘拜下風。

歷史上還有很多身體擁有缺陷的偉人，憑著他們的毅力、他們的努力，以及他們的用心，來克服生活上的所有不方便，甚至是事業方面也成功地克服。例如：耳聾的愛迪生，使我們的夜晚不再陰暗；得到精神病的梵谷，讓世界增添一些文藝氣息等，在在證實了殘障人士只要有心，一定可以成功！倘若你的身邊有這樣的朋友，不妨去關心他、幫助他，或許他就是下一位成功者！

從心出發

黃馨葶

夜幕低垂，夜闌人靜之際，獨自望著窗外的夜色，一天的愁緒漸漸消散，真是愜意。望呀望！看呀看！不知不覺就出神了，感覺到一個我正用心聆聽著自己的聲音，現在的我也專心的聆聽著。

然而，不知不覺闔上了眼睛，仔細聆聽，接收到了心的信息，說著雖然不知未來去向，但至少在做任何事都一定要「用心體會」。忽然，腦中浮現一幕幕往事，迎接而來的，是以前幼稚園中班時學芭蕾的情景。想起當時剛起步的我，認為跳芭蕾很優雅，認為芭蕾很有趣，便一股熱勁的往裡頭跳，只是到了要劈腿的階段卻半途而廢，原因就是自身無法用心體會，堅持到底。

為了實踐用心體會，而非裝模作樣，我覺得可以先以訓練定性為第一目標，訓練定性可以多學學書法，完成後，一點多一點的用心感受，直到付出全心。之後以用心體會當做是準則，用作在每一件事情上，把心投入，深入其境，把這個理念一直放在心上，時常提醒自己，全心全意的付出。一點一滴地實現，就像是台灣的口足畫家——楊恩典，雖然身體有缺陷，但是她做到了，在作畫時她做到用「心」體會，用「心」實踐，成就了自己。

從心出發，就是要做到用「心」體會，之外還要有一顆堅持到底的心。能夠做到傾聽內心，生活用心，從心出發，腳步踏實而堅定，我們的心自然帶領著我們走向康莊大道。

從心出發

黃千祐

「人生當中只有一件事不是自己決定的，就是包覆靈魂的軀體。」人先天的限制來自於器官或心靈的不健全，除了這件事，剩下的人生全是自己決定的。基本上，人生掌握在自己手中，面對先天的限制，你可以做出任何決定，而結果會影響未來的人生。所以缺陷是能夠改變的，端看個人的抉擇，可以無視它、或與它共存、甚至突破它。

堅持自己的決定，持之以恆是面對人生很重要的態度，就像她，在訪談中堅定地說：「找到自己的命運，命運永遠掌握在自己手上，在我生命裡不允許有放棄這兩個字。」她是手語主播和模特兒，同時是一位聽障人士，她是王曉書。小時候的她因延誤就醫而進入了無聲的世界，為了融入群體，除了手語也努力學習讀唇語，旁人的言語也曾傷害她，不過她努力不懈，現在正常地生活著，擁有孩子，證明她也可以活出自我。我認為她能夠突破自身限制的一大關鍵是態度，她正視自己的不一樣，也理解自己必須更努力，正視問題後，勇敢去解決，不論是手語或讀唇語，這都是從零開始學習的。因此勇於面對人生的態度，積極解決問題的行動是突破限制的關鍵。

當然，所謂的突破限制並非限制就從此消失，而是能夠用另一種方式保持正常的生活。梵谷，一位大畫家，先天特殊的個性、後天精神疾病的折磨，以及環境帶給他的壓力，使其嚐盡苦頭。作畫是他唯一能排解痛苦的方法，他將自己對生命的熱情與加諸在他身上的苦痛轉變為畫作，以繪畫的方式與自身疾病共存。他曾說：「即使我不斷遭受挫折，也不灰心，即使我身心疲倦，哪怕是處於崩潰邊緣，也要正視人生。」因此他正視人生，並以熱情來平衡心靈。

那我們應如何對待人生中的不一樣呢？首先要能夠正視自己的問題，並接受自己的不一樣，要先能理解自己，別人才會理解你；接著要解決它所帶來的不便，尋找方法替代它，像王曉書一樣，或是找出口排解它，如梵谷一樣，必要時可尋求專業協助。最後，別忘了自己是如何一路走來，鼓勵別人也要感謝自己。這都是個人的抉擇，別忘了決定權在自己手中。

人生總有不完美，重要的是我們如何面對不完美，自己的決定影響著未來。面對並理解、努力並堅持、鼓勵並感恩，這是我從許多人身上看見的，而他們都忠於自我，從心出發，努力生活，造就一個不凡的自己。

從心出發

楊元綺

心是一切事物的起點，唯有用心才能突破所有困難。也是因為能時常傾聽自己的心聲，才學會勇敢面對，一切都需要從心出發。

我是家中的老么，為了避免自己和家人意見不合，所以都是大家說什麼就跟著做什麼，導致長大後的我沒什麼意見。不管是家人問「想吃什麼？」或「想去哪玩？」一律沒意見，有時甚至怕被反駁，假裝沒感覺、好像無所謂。不過我也因此失去了很多嘗試的機會。印象最深刻的是：從小去遊樂園，哥哥一直說「旋轉木馬」很無聊，我便依從了哥哥的決定，失去嘗試的機會，因此我第一次玩旋轉木馬是在小學六年級畢業旅行，而且還是在同學說想裝幼稚的情況下玩的，竟發現心底的聲音——其實並不無聊，也挺有趣的。

從「心」出發，我們必須要有獨立思考的能力，不能被其他人事物左右，才是真正的以心為起點延伸。像是我很想要當一名舞者，也常常思考這真的適合我嗎？我該怎麼去實現？過程中許多人告訴我假設成為舞者所需要面對的問題，可是我還是和他們勇敢的說出了我的意見。雖然不一定會成功，但至少我試過、努力過。這是我內心的聲音，而我也一步步地朝著夢想前進，練習肢體動作，留心各項訊息，為踏入舞蹈正視內心的世界，而準備從「心」出發。

從心出發，就是要真正傾聽自己的心聲、想法，擁有獨立思考的精神，勇敢做自己。讓我們一起從「心」出發、用心生活，揮灑出屬於自己的色彩吧！

從心出發

楊媛淇

生活在快速便捷的世代，人們很容易就像隻無頭蒼蠅般，庸庸碌碌日復一日辛勤工作著，就像個毫無感情的機器人一般，往往忽略了自己或他人的內心感受，尤其是自己內心深處的聲音。我們常常為了迎合大眾而壓抑內心，放棄自我，隨波逐流。曾幾何時，我們能靜下心來，傾聽我們的內心聲音？

每當我感受到壓力特別大的時候，就想要一個人靜靜。一個人在房間裡，悠閒自在躺在床上，聽著輕柔的音樂，默默的與自己對話，默默的沉澱情緒，進行一場身心靈的交流。不僅在壓力大的時候，每當我出現些很矛盾的想法，過不了自己的關卡，抑或遭遇挫折、失意低落就要快撐不下去的時候，自己和自己內心溝通、打氣，傾聽內心真實的想法，問問它：你需要什麼？你想表達什麼？

我還記得曾經有幸能聽到口足畫家——謝坤山老師的演講，那場演講很活潑、很精彩、很有趣。謝老師的臉上掛著開朗笑容，提到了那場使他成為口足畫家的意外，他告訴我們：「當時還有人建議我去廟前做乞丐呢！但是我不服！我努力練習凡事都自己做到，還發明了一種吃飯的工具。我學習用嘴咬筆寫字、畫畫，當我成功的寫出自己名字時都快哭出來了。我努力撐過來了！因為我不想放棄自己。」謝坤山老師跟隨自己的內心，咬牙堅持，如今成為了備受尊敬的口足畫家。是的，傾聽自己內心，用心生活，從心出發，每一步都勇敢踏實地向前邁進，不管遇見怎麼樣的困難，我們依然可以翻轉人生。

我們的內心其實並不複雜，而是細膩單純。有的時候，它會給你幾句安慰及陪伴；有些時候它會幫你加油打氣；甚或，它會給你一點建議，告訴你哪裡做得不錯、哪裡可能做得不好，下一次要繼續努力……我的內心呢？總告訴我一句：堅持下去！不要害怕困難，要對自己負責。它像是位和藹可親的長輩，慢慢地紓解自己那因為矛盾所帶來的困惑；它像是位溫柔暖心的大哥哥，告訴我一些較恰當的言行舉止；它像是位情同手足的好朋友，在我迷失方向的時候，靜靜的陪伴在我身旁，陪我一起度過難關。

每當我沉澱思慮和內心溝通時，它總會對我說：「再堅持一下，不要放棄。你可以的！」它鼓勵著我努力下去，一次，再一次，一定會有所進步，也許下一次就成功了！我聽從內心的聲音，再試一次、兩次、三次……一次比一次更認真、更努力、更拚命的時候把事情做好，不辜負自己，不辜負所有為我擔心的人。

與心對話，從「心」出發。每個人都獨一無二，當每個人都放慢那匆忙的腳步，撥出點時間和自己好好聊聊，傾聽內心需求，用心生活，每一步都勇敢踏實。你會發現，這世界的一切變得更加可愛、更加真誠、親切。從心出發，帶著內心的鼓勵期許，一步一腳印，走出自己康莊大道。

從心出發

彭少杰

人生中，我們往往會遭遇到許多艱難險阻。在這些時候，難免會感到徬徨而不知所措。這時，我們可以試著去傾聽自己內心深處，那最真摯的聲音，從「心」出發，用心且踏實地邁開腳步，或許就能找到生命的出口。

有時候，在生活中遇到了挫折，煩躁不知所措，「心」會引領我前行，陪伴著我面對困難。我常常會捫心自問，是不是自己遺漏了哪些細節？抑或是自己太過於輕敵而不夠認真？心理的聲音陪伴著我、不停地鞭策著我，使我不斷的朝向自己的目標，一一突破自己的極限，步步向前邁進。

從「心」出發，順從我們的心意會使我們越挫越勇，也會使我們更加全心全意向前邁進。能夠傾聽自己內心深處的聲音，心無旁騖的專注，也就容易找到方向，解決問題，更加靠近自己的目標。

如果一個人忽略去探問：自己心中想要的是什麼？永遠在徵詢別人的看法，永遠覺得別人的想法很重要，就永遠做不了決定。因為，我們根本不知道自己要的是什麼。惡性循環下，一開始，在意別人怎麼說；接著，越來越不信任自己的想法；到最後，只能依賴別人的觀點過生活、做決定。當不同人的觀點互相衝突時，便心慌意亂，不知究竟該聽誰的意見好？於是乎失去方向，找不到自己——心之所在。

內心的聲音，其實就是另一個自己。是一個沒被繁華迷惑，純淨地居住在內心一方淨土的自己。也只有這樣的自己，才能在自己失意時，為身處泥淖中的自己，指引出方向。或許也能從繽紛炫人眼目的糖衣中，找到赤子之心。現在，就讓我們仔細聆聽自己內心深處的聲音，用心且踏實地邁開腳步，從心出發吧！

選文主題：
如何在生活中
落實性別平等

如何在生活中落實性別平等

方榆茜

在現今的社會中，性別平等已經受到關注，男尊女卑的傳統觀念也已不復存在。那麼，在平常的生活中，我們又能如何做到打破性別刻板印象，落實性別平等呢？

可能有人說，反正那麼多人，想落實性別平等也不缺我一個吧？不，這是需要所有人共同的努力與實際行為才能達成的目標。平常學校也有在推廣性別平等的觀念，例如：製作海報，編排相關課程，邀請講師到校演講等。現行法律中也有許多與性別平等有關的內容，如「性別平等工作法」保障女性在工作上的權益，舊法中「當父母意見及想法不一致時，交由父親行使權力」這一條，也因與「憲法」中的性別平等有衝突而被修正。連國家都能做到這樣了，那在平常生活當中，我們又該怎麼維持性別平等的觀念呢？

小時候有個同班的男生，個性較為安靜，平常又不跟其他男生一起打球，因為沒有做所謂的「男生應該做的事」而被排斥，甚至桌子上被寫下了「娘娘腔、腦子有洞、不是男的」之類不雅文字。他向家長，老師求助，卻只會更變本加厲地被報復。他跟我們女生傾訴，但我們心有餘而力不足，只能以言語安慰他，讓他好受些，但最後他轉學了。班上的男生似乎意識到了什麼，紛紛打電話祈求原諒，卻被冷言以對。老師為此向我們宣導了性別平等：「要想評判一個人，不能只由他的生理性別去判斷，應該由心理性別去接受，包容別人。」

現在的社會上依然有著性別歧視的事件存在，我們無法憑自己的力量改變所有人，卻可以改變自己。落實社會上的性別平等，從小事做起，從自己做起！

如何在生活中落實性別平等

林昱伶

所謂的性別平等，是指不同性別者，都享有平等的權利而不受歧視。傳統的社會，有些觀念守舊的人，會有「女子無才便是德」、「男兒有淚不輕彈」之偏見。女子在生育、工作上經常遭打壓；男子常被社會期待所侷限。雖然現今社會已是性別多元化，也有許多性別氣質不同的人們，在想法與日俱進的社會上，是否仍有性別不平等或歧視的發生？又如何落實性別平等？

為了落實性別平等，許多人鍥而不捨的努力著：巴基斯坦的一名女孩——馬拉拉，為了爭取女性受教權，不惜惹來殺生之禍也要達成理想，還有因為性別氣質較為陰柔，被同學霸凌導致意外跌倒身亡的「葉永誌事件」，最近鬧得沸沸揚揚的「粉紅色口罩」，有個小男孩因戴粉紅色口罩去上課而被嘲笑。這些事件也讓我們深知性別平等仍需要加強及重視。

現代的社會，受民主自由意識影響，越來越重視性別平等：女性也可以當兵、成為領導人、更能自由的上學；男性也可以請育嬰假、更不用成為陽剛及力氣大的固定代言人，突破框架做最自由的自己；政府也制定「性別平等教育法」來保障不同性別的權利；學校在教育莘莘學子性別平等上，盡了不少心力；更有所謂的「性別友善廁所」誕生了，使得性別氣質特別的人不再受到言語的嘲弄；許多的人民團體也積極的付諸行動來保障不同聲音的出現。

經年累月的努力下，性別平等終於也出現了一道曙光，為人類帶來希望，而最大的功臣莫過於政府、教育、……或是一些無名英雄。是他們為進步的社會播下種子，而大眾協心戮力才成就了這些希望；是他們為委屈的人們喊出心聲，讓雨過天晴後天空出現了彩虹；是他們為美麗的天空糝上希望，拂去濃霧才望見了光彩的晨曦。而我們更應尊重不同性別氣質的人、不以道德綁架他人、推動更完善的性別教育，使性別平等這顆璀璨星辰，永垂不朽的綻放光芒！

如何在生活中落實性別平等

涂文愷

「平等」，是現今社會努力追求的，而「性別平等」為其中一環。從古時太平天國，至今《憲法》保障男女平等。不論我國政府、亞洲各國或是世界列強，都正積極著手提倡。到底，什麼才是落實性別平等的最好方法呢？

目前各界指的「性別平等」並非追求「形式上的平等」而是「實質平等」。舉例言之：職場上，女性可依自身需求申請生理假；男性可以家庭狀況提出陪產假……等，這些都是以「實質平等」為出發點的政策。

為落實「性別上的實質平等」，政府嘗試了各種方式，從口頭宣導，運用標語，到訂定法律……等。但我認為最根本的辦法莫過於從教育開始做起。

有人說：如果每個生命的初始都是杯白開水的話，如此一來，他所學得的事物便是足以讓他彩繪人生，而他第一個學習的知識更是他一輩子的底色，洗也洗不掉。因此，若能從小接受正確的性別平等教育，那麼觀念必能扎根。再說，學校讓孩子適性成長，再藉著親子間的交流，家長也能受到性平思潮教育，這些家長若能將這種思維運用在生活上，那會有越來越多人有這種想法，並適時的在公共場所張貼、宣導，使民眾了解政府已重視此議題。搭配著學者發表的言論、看法，最後再以明確的法律作為最後一道防護。在如此環境影響之下，會有性別不平等守舊想法的人士也就不多了吧！

假使就只有政府努力，民眾無心配合，成效必定有限，因此我們應開始從身旁的小事做到性別平等：老師在帶活動時不被性別所框架；公司廢除所謂的「單身條例」；一家之主不一定是父親；男性亦可被幼保團體錄取……等。若我們以身作則，周遭的人也會因此被影響，一傳十、十傳百，這才能發揮此政策的最大功能。

「昔有木蘭上戰場，今有季剛縫衣裳」，不論男女都可在各領域嶄露頭角，各憑自己的性向、專長，挑選適合自己的目標，並非以「性別」限制的方向而影響未來，而世人更應該尊重每個人所選擇的方向。

如何在生活中落實性別平等

黃千祐

性別平等隨著時代進步正在推展中，這早已不是少數人想掩蓋就會消失的事了。性別平等極為重要，第一，可以維持性別間的和平；第二，不會再有弱勢族群遭受打壓的殘酷事件發生；第三，這是一件天經地義的事，不需討論是否要做，而是要問「如何做」。多元性別平等的時代早已來臨。

大部分的人以為自己很渺小，毫無影響力，不過只要落實性別平等，就會帶來影響力。而公眾人物本身具有知名度和聲望，言論上更要萬分謹慎。部分公眾人物發表的談話，有不少歧視性的言論，受攻擊的一方再反擊，就形成了對立。發言時，若能三思，再表達意見，必定能減少誤解。

激烈的言論可能直接傷害他人，尤其是公眾人物和政治人物，容易陷入口水戰，掀起爭論，應就事論事，不需因性別差異而攻擊對方。總而言之，三思而後行，方能落實性別平等。

此外，行為是更直接的語言，也是能直接影響他人的方式。職場性騷擾是工作上權力不對等的欺壓，這種事無需隱忍，如果受害者默不作聲，往後只會有更多受害者。另外，在宗教團體內的性平事件因沒有明確法律規範而難以約束，部分受害者遭受欺壓而不自知。其實，宗教本義皆是善良，只是因為少數人偏激的行為扭曲了宗教的教義。在宗教之中，除了要保有性別平等的意識外，當事者也要明辨是非，避免被有心人士以宗教之名行不法之事。

性別平等的路途還很漫長，看似遙遙無期，其實只要社會中的每一份子彼此互相尊重，理解他人的感受，以行動落實再將之融入日常生活中。當有一天，我們不再強調性別平等時，那才是性別真平等來臨的時刻。

選文主題：
在這個季節裡，
我喜歡……

在這個季節裡，我喜歡……

呂佳星

「落霞與孤鶩齊飛，秋水共長天一色」，這是〈滕王閣序〉中經典的一詩句，正是描述秋天的景色，頗富詩意，帶給我對於秋天特別的感受，也帶給我對於秋天莫名的喜愛。

每逢秋季，便是賞楓的季節，「楓」似乎也成了秋的代名詞。此時的我最喜歡到石門山山腳下的石門步道散心，雖然這裡人潮不多，但這裡的秋楓卻不輸給賞楓勝地，不必人擠人，還能帶來一種愜意的放鬆感，是享受遠離城市紛擾的好環境。

樹梢上，疏落的楓葉經過陽光的照射透出隱隱紅光，照在路面上，有種簡單的美麗。偶然碰到樹葉轉紅後的全盛時期，放眼望去一片橘紅，再加上樹叢中點點嫩綠。說不定這就是所謂的「林來楓」呢！

升上國中後，便沒有太多的時間可以讓人喘口氣，甚至到郊外賞楓都必須耗費大番工夫才能達成，平日有一堆的瑣事等著我去完成，不像國小時輕鬆。雖然日常生活緊湊，但賞楓仍是我每逢秋季必做的事之一。而我希望未來，即便學業繁多，還是要找個時間去欣賞「霜葉紅於二月花」的秋天風情。

在這個季節裡，我喜歡……

姚凱晴

「綠樹蔭濃夏日長，樓台倒影入池塘，水晶簾動微風起，滿架薔薇一院香」。這首詩讓我回想起，那年夏天去臺南四草秘境探索的美景，當船進入綠意盎然的河面，彷彿進入綠色水上隧道，盤根錯節的樹枝低迓著橫在眼前，樹影倒映在綠色水面上，頓時暑氣全消。在幽靜的水畔居住著彈塗魚、招潮蟹……等的紅樹林生物，別有天地的風景十分怡人，讓我忘卻先前在碼頭排隊時的酷暑難耐。每到夏天，我喜歡和家人一起去旅行。

每年暑假前媽媽都會規劃好旅行計劃，搭火車或開車去看美麗的海岸線。我們去過南灣、墾丁、西子灣、旗津漁港、萬里翡翠灣、福隆海水浴場……，一起到海邊看沙雕、堆城堡、搭船……，甚至計劃全家一起去浮潛。除了外宿旅遊外，也偶爾會去露營，為了避暑往山上跑準沒錯，若是隨興出遊，就避開正午炎熱，往永安漁港或者山上踏青、賞夕陽。

回想幼稚園時，爸媽曾帶我跟弟弟去觀音賞荷花，當時我們跑在曲橋上，兩側的荷花比我們還高，真神奇！後來我跟弟弟坐在大王蓮荷葉上，由一位老先生站在荷塘中幫我們移動，一開始還很害怕，後來覺得驚奇又有趣。以前還去過新竹內灣玩水上泡泡球跟碰碰船，原本在泡泡球中站不穩，跌倒又拼命爬起，後來能一直跑讓球滾動，並衝撞別人的泡泡球。還去巧克力雲莊吃冰淇淋、巧克力DIY，都是很過癮的事！

有一種幸福叫做被大自然征服，有一種感覺叫做現在馬上上路，有一種季節叫做最棒的夏天，期待下一次與美麗的夏天邂逅。

在這個季節裡，我喜歡……

徐芷姍

春天不知不覺來到了你我之間，它一轉身，小燕歸來，一抬頭，萬物復甦！

每到春天，我最喜歡的就是「賞櫻」，為什麼呢？因為每次賞櫻，全家都會帶著食物去野餐，坐在櫻花樹下，被樹梢繽紛花瓣包圍的我們彷彿來到了人間仙境。徐徐微風吹拂我的臉龐，不時櫻花瓣飄落下來，好像拍電影。一旁的蝴蝶和五顏六色的花兒進行選美大賽，蜜蜂圍著花朵翩翩起舞，我忍不住向前走去，哇！好漂亮啊！這個角度剛好可以看到整片櫻花海，真是美不勝收。轉回頭看到家人洋溢著笑容，拿著相機左拍右拍，上拍下拍，頓時把所有的煩惱拋在腦後，只想著，如果能一直這樣愜意著，那該有多好啊！

另一個喜歡賞櫻的原因是可以和家人共享天倫之樂，靜靜地走到櫻花樹下，捧起地上掉落的櫻花，聞聞它們淡淡的花香，看看它們粉紅色的禮服，摸摸它們稚嫩的皮膚，放鬆自己的心情，準備好迎接未來的挑戰。櫻花是春季開放的花，但是我總在想，它是不是撐過了夏天的酷熱，秋天的涼風及冬天的大雪，才展現出自己最美的一面給我們看呢？所以當我遇到困難時，我就想著，櫻花可以抵擋重重的難關，把美麗一次綻放，況且我還有家人及朋友的陪伴，也一定可以抵擋重重的難關，把最好的一面展現給家人和老師們的。

春天，不知不覺來到了我身旁，展現著千姿百態，而我最喜歡在春天做的事——賞櫻。

在這個季節裡，我喜歡……

袁安彤

「山櫻抱石蔭松枝，比並余花發最遲。賴有春風嫌寂寞，吹香渡水報人知。」我最喜歡在生意盎然的春天看著櫻花飄落，那景色何其優美！

有一年，在陽光明媚的春天，我和家人與朋友一起去日本的河堤賞櫻、野餐，在綠油油的草地上鋪上一張大大的野餐墊，拿出事先買好的便當和點心，一邊品嘗美食，一邊欣賞結滿花朵的櫻花，樹上飄落的花瓣就好像一名美麗的舞者，穿著粉紅色洋裝和舞伴一起在舞池裡隨著音樂起舞，那景色多麼浪漫啊！再加上遠處的花瓣在涓涓細流裡漂動，形成一條粉紅色小溪，感覺就像來到了童話故事裡一般。

小時候賞櫻，總是一直嚷嚷地說：「好無聊喔！可以走了沒啊？同樣都是櫻花，為什麼要看這麼久？」但是長大後才發現，同樣是櫻花，在不一樣的環境生長，都有不同，再加上天氣好壞、同行人是誰……會有不同的心情感受，任何心情只要靜下心來，便可以發現許多隱藏在其中的樂趣和意義。

賞櫻，讓我體悟到大自然的美妙，只要沉澱下心情，便可以發現其實生活周遭「處處都是美」！

在這個季節裡，我喜歡……

詹紹騏

冬天泡溫泉。真是人生一大享受，把身子泡在暖呼呼的熱水中，不僅可以紓解壓力，也可以讓身心好好的放鬆。沒錯！冬天就是我最喜歡的季節。

記得某一年的寒假，我們全家到了台南的關子嶺去泡溫泉。泡溫泉的地方，不是戶外的露天溫泉，而是一個小小的木屋，木屋裡有個小浴池，熱水也必須自己開水龍頭放，放完了水，滿屋子的水蒸氣把木頭本身的香味散發得更加明顯，泡在熱熱的水中，深深吸一口氣，植物的芬多精讓人感到心曠神怡，雖然置身室內，卻彷彿徜徉在大自然的懷抱中，真是一種前所未有的感受。

但溫泉也不是天天都能泡，所以我最常做的事，就是在家「自己泡」溫泉，尤其是在冬至這一天。據說冬至是一年之中最冷，黑夜最長的一天，每年的這個時候，我都會先洗一個舒舒服服的熱水澡，再吃下一碗媽媽的特製湯圓。媽媽煮的湯圓不單單只是和水一起煮，還會放入薑片和黑糖，具有驅寒保暖的功效，每每吃完湯圓，身子就猶如洗了三溫暖一樣，連心也覺得暖暖的。

雖然冬天有時也會冷得令人抓狂，不過像過年的年夜飯、元宵節的燈會、冬至的湯圓……等，這些事也只有在冬季時親身經歷才格外別具意義呢！冬天果然是我最喜歡的季節。

選文主題：從一個社會現象談起

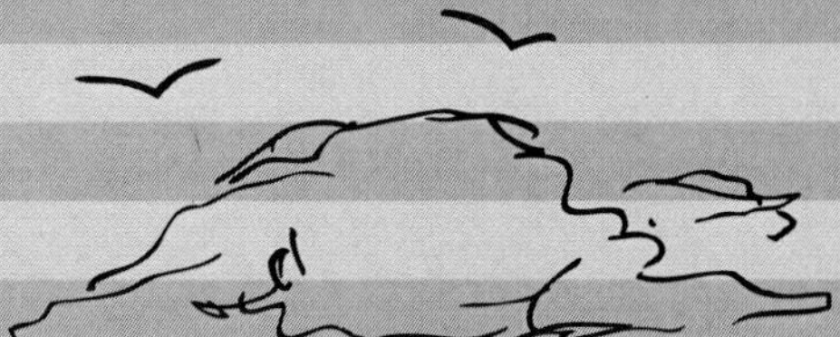

從一個社會現象談起

黃翊茹

何謂社會現象？就是大家在社會上的共同行為。在這個科技進步的時代，手機已成為我們生活的必需品，經常上網也成為現今社會的普遍行為，但在網路世界中的所有事物都是好的嗎？我並不這麼認為。

最近的新聞頭條大多是韓國某女藝人輕生的報導，導致這件憾事的加害者，都不是她身旁的人，而是在網路世界裡的「酸民」。藝人這行職業難免會受到大眾的批評，但有些捕風捉影的網友總會把事實加油添醋，有時還會波及到他們的家人。有些路人看到這些閒言閒語，會開始覺得其他人都可以罵她，自己也可以，進而加深了對公眾人物的心理傷害，引起了「網路霸凌」。

雖然法律有相關條例，但加害者總說這是言論自由……但這並不是言論自由，而是一個殺人行為，因為無意說的一句話，都可能成為的殺人武器，這些道理就算一而再，再而三的宣導，酸民終究左耳進右耳出，是現今社會現象中最為嚴重的問題。

這個問題並非只出現在公眾人物上，也並非是一時形成的。我知道這個世界本來就不公平，但面對這些不公平，我們要勇敢地幫助世人，還是躲在家裡當隱形殺手去任意批評他人？這是現今大眾最需要思考的問題，而不是等到憾事發生後才討論。

從一個社會現象談起

葉易昌

在這個人與人密切關聯的社會裡，許多事物往往會互相影響，也進而產生許多共同問題，這些問題又要如何從根本解決呢？

二零一六年正式發行了一款手機遊戲「精靈寶可夢」，一發行，馬上風靡全球，形成一股「捉寶」風潮。而在幾個特別的區域，還有限定精靈，此種手法更是讓民眾愛不釋手，一整天沉迷於捉寶的世界裡。雖然出門捉寶可以趁機散步運動，但也造成許多交通事故層出不窮。像是有人為了捉寶，人群擠在斑馬線上，造成交通大打結；或是人們在機車上安裝手機放置器，一邊騎車，一邊捉寶，而未注意到前後來車，造成交通事故……。種種問題使大家開車時都要提心吊膽，深怕撞到人。若是有關單位沒有具體作法，那問題便不會解決，政府會如何解決這些因捉寶風潮延伸出來的問題呢？

若是看到民眾擾亂交通秩序，先是柔性勸離，再不聽就依交通規則開罰；政府也新增了許多條例來限制這些捉寶人士。因此最近因為「捉寶」產生的交通意外，大幅減少，不像以往如此誇張。

手遊雖然好玩，但太過沉迷，反而會傷害到自己，甚至是傷害到別人。適當的放鬆是好事，但放鬆到別人因此受到傷害，那就不好了。

選文主題：
幸福・知足

知足・惜福

于子涵

人們常說「身在福中不知福」，許多人明明過著很好的生活，卻總是嫌東嫌西，一會兒比財富、一會兒比美醜，為何不轉身看看世界的各個角落，感受自己的幸福，讓自己能夠知足呢？

小時候的我，總覺得上課真討厭，每天都想著不要讀書。有天，媽媽似乎看穿了我的心思，拿起手機查了一則新聞：「敘利亞男童於逃難時不幸溺斃沙灘」，看完這則新聞的我，心情是崩潰的，震撼的畫面，殘酷的事實，打破了我心中一向美好的世界，我的人生觀也因此而改變。

現在的我，看到街友、殘疾和窮苦的人，心裡想到的除了關懷與包容之外，更能深深體會自己有多麼的幸福。從小到大，只有我要不要，從來沒有想不想，因為父母早就把一切都準備妥當，不但什麼都不缺，更不用面對現實的黑暗面，還可以悠閒自在的去學校學習，比起新聞報導的那些不幸，能輕鬆的坐在教室聽講，不是無比的快樂嗎？世界上還有好多人沒辦法上學呢！

大家要學會知足、惜福，因為我們已經比許多人幸福多了。相對的，也要用同理心去對待那些遭遇不幸的人們。所謂「有福共享，有難同當」就是真理，今日你與人互相扶持、互相分享，明日當你蒙難，別人就會為你敞開一把大傘。做人不要總是自掃門前雪，或是貶抑那些正在受苦的人們，世事難料，等之後發生在你身上時再來改觀，一切已經太遲。從今開始，我們一起知足、惜福吧！

珍惜

林昱伶

生在臺灣的我們，常常抱怨午餐不好吃、不喜歡的東西就隨意扔掉。生活中各種浪費、不知足更是層出不窮。

但是，仔細想想，這種拋棄不喜歡的東西的場景，在世界的一隅，是不會發生的……。由於戰爭的爆發，有些國家處處是難民，也為了一塊麵包，大家爭個半天，搶不到的，只好全家一起餓肚子，這樣的景象，讓我們深知自己是幸福的，不用生活在戰火的灰燼下，要珍惜我們有溫暖又安全的家園，有父母的呵護。

其實，我們真正需要的並不多，但總是不知足、不去珍惜，難道要到了失去後，才懂得珍惜？我們的教育資源很豐沛，但總是有人不珍惜這些獲得知識的管道，真正想獲得知識的人，現在或許還在為生活煩惱、為明天憂心呢！

我們應該珍惜自己所擁有、學會的東西，不要一味抱怨，要知道自己其實是最幸福的。同時，也要感謝那些帶給我們幸福的人們：可能是隨處可見的工地工人、認真教書的老師、種植蔬果的農夫……，對他們的感謝，口口聲聲說不盡、道不完，有他們一點一滴的付出，雨滴也匯成湖水，才讓我們如此幸福！切勿「人在福中不知福」，應好好珍惜自己擁有的，盼望自己也能成為帶給大家幸福的力量！

知足

杜珮瑀

生活在台灣的我們，沒有戰爭，不缺物資。因為沒餓過，所以經常抱怨飯菜不夠可口；因為沒冷過，所以時常嫌棄衣服樣式難看；因為教育資源的普及，所以不珍惜每個學習的機會。當我們不滿意自己的待遇時，有沒有想過：自己和世界上的另一群人相比，生活是天壤之別。

在戰地中的難民營，裡頭的人抱著家人微微發抖，她們可能好幾天沒有進食了，餓得受不了只能吃泥巴餅充飢。有食物救濟時，大家都搶著要，拼死拼活的也許只搶得到一塊麵包。孩子們小小年紀就被迫遭受苦難，她們可能擁有聰明的頭腦或是極佳的反應力，卻沒有辦法到學校學習、嶄露頭角，只能把精神、體力用來設法如何生存。

若是讓那些戰亂地區出生的不幸人們，來到像台灣物資豐富的國家，因為餓過，所以不會浪費一口食物；因為冷過，所以對衣物的樣式不挑剔；因為從沒受過教育，所以把握每一次的學習機會。

當不滿意自己的待遇時，先想想在世界另一個角落受苦的人們。生活在豐衣足食的我們，切勿「人在福中不知福」。每個人一生中一定都要學習的真理、具備的態度，便是「知足」。

身在福中「要」知福

陳柏志

厭世的臉，帶著疲累的身子，坐在位子上。每天都過著一樣的生活，不禁感到煩悶。可是，在這世界上，卻有許多人生活困苦。

土耳其和伊朗邊境的難民營，難民爭先恐後的搶奪食物。只為了一個麵包，雙方大打出手，最後兩敗俱傷。而過著豐衣足食的生活，每天無憂無慮的我，看完此報導，兩行淚潸然落下。難民們乞求這樣「不愁吃，也不愁穿」的生活，而我卻討厭這種生活，豈不是「身在福中不知福」？

蘇丹的小女孩，趴倒在廣大的草原。她沒有食物，也沒有體力，還變成了禿鷹的食物。頃刻間，我發現自己真的很幸運。每天都可以大快朵頤，補充體力；而那個小女孩，束手無策，無力反抗，只能成為禿鷹的「美餐」。

汗如雨下的工人，為了賺取微薄的金錢，不惜生命的辛勤工作；毫無力氣的女孩，面容憔悴，身形瘦小，她終究無法逃過被「獵食」的命運；飢腸轆轆的難民，為了一個麵包，拚命的爭奪。每天都安然無恙的我，還厭惡這種生活，豈不是「身在福中不知福」？

是呀！這就是「身在福中不知福」！每天都很開心的過生活，雖然沒有榮華富貴，但也不至於生活困苦吧？別再埋怨了！在未來，人人都應扶弱濟貧，讓世界上的每一個人都平等，有著一樣的生活。霎那間，我醍醐灌頂，領悟了一番發人深省的道理。所以，我決定，以後要幫助那些弱勢團體，追求社會正義！

豁然開朗的我，不再厭世；充滿幹勁的身子，不再疲累；眼皮也不再無力。「身在福中『要』知福」，別人都恨不得要的東西，就應好好珍惜，不要抱怨。讚嘆著世界有多美好的我，打起精神，繼續上課；抱持著夢想的我，努力實踐，希望有朝一日能成功。告訴自己一句話，成為自己的座右銘。那句話就是：「身在福中『要』知福！」

這個世界，公平嗎？

吳星霈

地球現已迎來二十一世紀，科技來到了蓬勃發展的時代。然而令人惋惜的是，現在仍然有非常多人在世界的某一角落受苦受難著。也許是病痛的折磨，又或是被戰爭無辜捲入的人們，此刻都在上演真正的悲劇。

電視的新聞裡，時常報導一些戰亂國家的狀況。在幾年前，敘利亞還在戰亂時，有一個讓我印象非常深刻的新聞。影像裡，一位捧著生日蛋糕的十二歲敘利亞女孩，臉上掛著大大的笑容，接受著全家人的生日祝福。鏡頭一轉，隨著巨大的爆炸聲，是女孩的媽媽帶著她逃跑的樣子。她的爸爸早已被迫加入戰爭，現在生死未卜。媽媽流著淚，把僅有的防毒面具給她，讓她到邊境較安全的城市避難，自己留下找尋救援，女孩的淚早已掛滿臉頰。一年後，同在難民營的姊姊唱著生日快樂歌給女孩聽，但女孩的眼神早已空洞，她唯一的願望是讓戰爭停止……。

了解了世界的戰爭後，再看看教室課堂的某一角，同學撐頭發呆的樣子，我不禁反思起來：「這個世界真的公平嗎？」如果能讓那位敘利亞女孩到學校快樂讀書的話，是否能讓她重拾笑容？相反的，讓發呆的男孩到戰亂國家體驗戰爭的痛苦，男孩能不珍惜學習時光嗎？我希望各國領袖能思考，用行動解決地球現正發生的不幸，讓每一個生活在地球上的人，能無憂地體驗生命之美。

世界上的某個角落

曹芳瑜

每天在不同地方都會發生一些事情，當我們打開電視，可以看見某一個國家可能正在打仗而衣食短缺，甚至要經歷與家人生離死別的傷痛。

生在台灣的我們既不用打仗，每天還能和家人團聚，衣食無缺的我們應該知足感恩。蘇格拉底說：「知足是天賦的財富，奢侈是人為的貧窮。」看見新聞上他們為拿取食物取得溫飽而擠成一團，看見了這一張張的照片，我們非常的不捨。在另一個國家連小孩子他們都飽受痛苦，不像我們肚子餓就有飯吃，他們還要走到食物救濟中心，甚至只在差沒幾步距離的地方他們就倒下了，成為了其他動物「可口的美食」，所以我們不僅要知足，還要珍惜你身邊所擁有的事物。

當他們在受難時，我們正坐在教室裡吸收知識，而我們應該要幫助他們，例如：捐一些日常生活用品、文具、衣物、鞋子……，這些都是他們非常需要的，說不定有了我們的救助，讓原本奄奄一息的生命撿了回來。

我們可以盡力的幫助他們，或是可以把手邊有的資源捐出去，讓他們可以感受到我們的心意，不要讓他們無助的躲在世界的某一個角落，讓我們更用心去關愛他們。

在你不知道的地方

沈鳳馨

世界很大，上天不可能眷顧每個地方。在這世界上，有些人過得很貧窮、有些人過得很痛苦，他們在世上不佔少數，但是，世界上更多的則是「身在福中不知福」的人。

當你正在課堂上心不在焉地聽講，腦子裡想著：「喔！天啊！這堂課何時會結束？什麼時候才能吃飯？」在你不知道那裡是哪裡的某處，那兒的難民營嚴重超員，所以導致糧食與水短缺，正因如此，難民們只好為了一條麵包而擠成一團搶奪，這其中自然是不乏被人群踩死的難民了，他們可無法像你我一樣，愜意地思考午餐菜色。

當我們正在餐廳裡享用美味的烤雞、烤鴨、烤鵝……等時，在我們不知道的某一角落，有個孩子無法走到食物救濟中心，奄奄一息地倒在地上，她的身後有一隻碩大的禿鷹正滿心期待地看著那即將到口的美食。她可永遠無法像我們愉快地品嘗那麼多鳥禽類，甚至還面臨著被猛禽當做獵物的險境。

實際上，沉浸在幸福中卻不知情的人真的太多。當我們在嫌棄食物不好時，地球的另一端就有人正餓著肚子。所以，請記住，自己過得很幸福，當我們對生活有不滿時，請想想，在我們不知道的地方都發生了哪些事情吧！

學會感恩與知足

張語真

晴空萬里，烈日高照，一隻碩大的禿鷹正盤旋在空中，專注的盯著大地上正緩慢爬行的「食物」，瘦小的女孩連感嘆世界悲慘的力量也沒有了。

曾轟動國際的照片，裡面所訴說的故事，散發著滿滿的絕望、死亡和殘酷的弱肉強食，令舒適生活的我們湧出罪惡感。世界就是如此的不公，當一端的人們正喝著玉液瓊漿，吃著山珍海味時，另一端卻深陷無盡的戰火，熊熊燃燒的炙熱之火，如今也正焚燒著他們的身心。他們一定很難想像，當他們痛苦時，有一群人正吹著冷氣，心不在焉的等待鐘聲響起。

我們雖不是全球第一，但「比上不足，比下有餘」。如果我們還是整天嫌東嫌西，浪費資源，不努力求學、奮發向上、造福人類，那麼身處水深火熱之地的他們，一定會恨之入骨。我們應該時時刻刻感恩知足、飲水思源。不要像某些人，明明有飯吃，卻因難吃而完好無缺的倒掉，還再買別的食物，我們還應該珍惜所擁有的事物，不要貪婪，購買超過需求的食物，讓它腐爛。切記，當我們享有許多資源時，一定有人為我們犧牲，沒有資源可用。

每分每秒懷著感恩與知足的心，是對那些缺乏資源的人們，最大的尊重與感謝。

身在福中不知福

邱婧貽

我們在日常生活中，是否時常不知幸福？或者是覺得一切的擁有都理所當然？而當我們正在偏食不吃食物時，遠方的國家有人正在餓著……

在一九一一年的四月，土耳其和伊朗邊境的難民，因為人實在太多，所以食品和供水都出現短缺。為了一個麵包，全部人都爭擠成一團……

還有，在一九九四年的蘇丹，有一位小女孩骨瘦如柴，而在前往食物救濟中心的路上倒下了，立在一旁的禿鷹，卻等待機會想把她吃了……

在這兩個例子裡，許多人都沒有食物可吃，小孩子也沒辦法上課，更沒有溫暖的家庭；反過來看看我們，不僅吃得美味，又可以接受教育，還有一個溫暖的家庭。這豈不是我們「身在福中不知福」嗎？如果我們不想像他們一樣飽受飢餓之苦，就從現在開始，不要挑食、浪費食物；認真專心的上課，吸取更多的知識，珍惜知足的過完每一天。這樣也算對得起爸媽含辛茹苦的拉拔我們長大了！

在世界的某一個角落，依然還有許多人正在飽受飢餓之苦；在世界的另一端，仍然還有難民在爭搶小小的一塊麵包……，而我們千萬不要浪費資源、食物等東西。畢竟，我們少浪費一些不必要的東西，就可以再製造更多的食物給他們吃了……。

父母，請放手讓我去做吧！

林育亘

小時候的我，做什麼事都要讓父母操心，就怕我一個不小心而傷到自己。但是現在長大了，也成熟了不少，喜歡的東西他們也不清楚。以前不管做什麼事都必須得到父母許可；現在的我反而喜歡自己來做決定，不願意聽從父母的安排。

「愈挫愈勇」，從很小時候我就學會了這句話的意思，就知道遇到挫折時就要勇敢的去面對、去挑戰，而不是遇到問題讓父母出來幫我解決。跌倒了再站起來，受傷了包紮就好了，失敗了再嘗試練習，絕不要輕易放棄。

我懂得分寸，有些事情該做，有些事情不應該做，我遇到自己喜歡的人事物，往往會特別認真與執著，因為我知道沉浸在那些事物裡，我是投入的、開心的。我的未來只有我自己能掌握，並不是依賴著父母的羽翼保護而不出去努力奮鬥。爸、媽，我希望您們能夠相信我、支持我、鼓勵我，放手讓我去爭取我自己喜歡的事情，也許那只是一場遊戲一場夢，我也會努力把它變成真實的！

現在的我，自尊心很強，慾望也很多，你們讓我做主一次，讓我嘗試失敗的感覺，我將會更堅強的去面對，克服問題。我相信我可以，我想要擁有決定的權利，想要擁有美好的未來，更想要得到你們的支持與鼓勵，請您們大膽地放手讓我去做吧！

不同的生活

官昱萱

人會因為生長環境而有不同的生活，有困苦的、快樂的、艱難的……，而我屬於擁有快樂生活的人。

在不經意的某一天，在某個可能被遺忘的日子裡，我和大家一樣，在學校裡上課、放空、發呆、睡覺……，總是在課堂上數著秒針，期盼著下課鐘聲響起。有時會想：「這樣的生活好無趣、沒意義。」但從沒想過的是，在世界上的某個國家、某個村莊、某個家庭是不是和我的生活不一樣？某些國家戰火連連，很多和我同齡的小孩無法和我一樣發呆放空的度日，他們的每一天都有可能會是最後一天，他們無法正常上學，甚至連吃飯都是好幾天才能吃一頓，而我們，卻是吃不完、不好吃、不想吃就倒掉。

和我們有不同生活的人，也有和我們最親近的人，那個人可能是你的父母，你的親人，當我們在學校上課，他們在辛苦的上班，他們用精神和汗水換來的錢，是為了能讓我們好好上學、好好吃飯，而我們卻時常和他們頂嘴，動不動罵他們，卻又總在失去他們時後悔，那我們為何不現在就對他們好一點呢？

我們人時常身在福中不知福，總是要親身經歷某些事，才明白自己有多幸福，至少我們還有個能為我們遮風避雨的家，在那裡有父母對我們的愛和關心，他們會在我們餓的時候煮飯給我們吃，不讓我們餓著，或許有時候會不滿意自己的生活，但在世界的某個角落是不是也有個生命是比我們更辛苦呢？所以，好好珍惜現在的每一天吧！

越過人生的幽谷

賴韋臻

人生是一條漫長又崎嶇的路，不如意的事十之八九，若是脆弱的心靈難免會禁不起這樣的考驗。

有時我十分羨慕蘇軾，為什麼他能有一顆如此開朗的心？能對生命有如此旺盛的熱情。生活中種種不如意的事會使我感到挫折，甚至想舉白旗投降，不過，我還有好長一段路要走，如果我因為中途的一顆小石子而放棄，那麼我算什麼呢？

挫敗，會讓人哭泣，但也會使人成長，只有面對現實的挑戰，才能使你有勇氣面對下一個關卡。最近我頓時有所體悟，凡事都有一體兩面——好的，會使你感到快樂，壞的，會使你茁壯成長。

有時人們就如同井底之蛙，只會從事情的表面來做判斷，往往忽略了背後的意義。「開心也是一天，難過也是一天」，那我們何不把自己珍貴的每一天，都過得愉快而又精采呢？

當我遇到不如意的事情時，我會望向蔚藍而又廣大的天空，把自己所有的不快活毫不保留地告訴他，他是一個非常好的傾聽者，他傾聽了我從小到大的所有煩惱。

「今天的低谷，轉念一想，說不定會是明天的高峰」。一眨眼明天的太陽又再向你招手，不要讓外在的事物阻擾你向前行，也不要因為一時的挫敗使你放棄。

午餐時光

曾芯筠

午餐時間，是我們一天當中可以稍稍休息的時光，不論是在家裡或者在學校，午餐都是不可或缺的。每當太陽高掛發出耀眼的光芒時，就好像在告訴我們「午餐時間到了」。這時大家就會像一群飢餓的獅子一樣狂奔去領取午餐，準備大快朵頤，開始一段美好的時光！

當第四節的下課鐘聲一響，學生們就會衝到取餐處領取午餐，拿到午餐的第一件事，一定打開餐盒來看有什麼驚喜等待著我們，會是油亮亮的雞腿，還是酥脆脆的薯條呢？令人期待不已。打開的那瞬間，全場歡呼連連，接著就會一哄而上搶著盛飯，把教室前擠得水洩不通，同學們臉上那滿足的笑容，足以將我的心融化掉，令人印象深刻！

吃午餐的同時，有些人會交頭接耳的聊天，分享著有趣的事；也有人沉默地坐在位置上，靜靜的享用午餐，就像是在度假一樣把煩惱拋到九霄雲外，無憂無慮的吃飯。這美妙的時光也將成為我學生時期美好的回憶，值得我們細細回味！

午餐時光是我一天中最享受的時光，每當鐘聲一響，就好像進入一個不同的世界一樣，開心、愉快的度過這個美好的時光，也讓教室充滿了歡樂，熱鬧無比。這個午餐時光也深深烙印在我的心中，成為一個令人難以忘懷的回憶！

祝福

黃柏霖

祝福是一份禮物，難過的人收到，感到安慰；害怕的人收到，變得勇敢；自卑的人收到，變得自信，祝福是一個可以深入人心而感到溫暖的禮物。

還記得在我小學三年級的時候，非常的膽小，要我上臺比登天還難！但老師卻指派我去參加演講比賽，當時的我就像一隻膽怯的老鼠一樣，被怪物般的演講追著打，最後我被打得屁滾尿流，想要放棄逃避。

因為演講比賽也沒有其他人要去，它就像三秒膠一樣，立馬黏住，甩也甩不開，我一直很排斥它的存在，直到媽媽說：「你擁有的能力是上天給你的，很多人想要卻得不到，你卻因為幾雙眼睛而不去挑戰它，不覺得可惜嗎？媽媽相信你一定可以克服的，等你的好成績！」我才發現那幾雙眼睛是演講的根本，若沒了那幾雙眼睛，就稱不上演講了，而是自言自語。我為了要克服恐懼，主動和老師要求，讓我在班上練習，那時的我雖然沒有得名，但我的收穫一定是所有參賽者裡面最多的！一切都歸功於媽媽的祝福，看似渺小卻很強大的祝福，用幾億元都買不到的！

同時，在我隔壁班，就沒有這麼和諧了。他們班有兩個人在競爭演講比賽，其中一位獲勝了，但輸的那一方是個小人，不但不予祝福，還希望對方下一秒出事或者是發生意外，使他無法參賽。當時的我，超想把我的名額讓給他，這樣就不會引起他們之間的衝突與仇恨了，我也可以開心擺脫比賽的困擾，根本就是一舉兩得！只不過沒辦法，這件事傳到隔壁班老師耳裡，那位意圖不軌的小人立刻被送到校長室，真是大快人心呀！

祝福讓人感到溫暖而不再難過；祝福讓人變得勇敢而不再退縮；祝福就像一顆太陽，燃燒自己照亮他人，而擴及的不只是表面，還有深不見底的內心也被照亮。

師長文采

青春札記

內壢國中老師　吳家蓉

青春手札獨特的密碼，藏於年少歲月中最美好的回憶裡。手機裡的表情符號，小紙條中的曖昧數字，課本裡的英文縮寫……豐富了青春，留下了回憶。

肩並著肩，坐在櫻花樹下，傾訴著自己心中的喜樂哀愁，學會了分享；手牽著手，漫步在木棧道上，觀察花園小徑的蟲鳥花草，學會了欣賞；受了傷，擦乾淚拍拍衣袖，邁步向前，學會了堅強。青春無大事，青春總是圍繞著生活的點點滴滴，鋪敘出動人的故事。

人生中最美好的年華，已然在我們的手中。看著遠方，未來好像離自己越來越近，卻還是看不見方向，不免有些徬徨。但——青春無畏，只管向前邁進。哪管外頭驚濤駭浪，年輕就是要勇敢一遭。直到有一天，青春的豪情與熱血不再，驀然回首，才發現逝去的韶華便是我們的青春了。面對青春年華，我們又怎麼能等閒度過呢？

櫻花樹下，花開花落，匆匆歲月。看著學生談笑著玩鬧，散發著無敵的朝氣活力，不禁莞爾。那個也曾在樹下談笑的我似乎被孩子們喚醒。走進他們的身邊，陪著這一群群的孩子，動起筆，敘寫著他們的青春，我的青春回憶……

誰向誰告了白，誰與誰打了架，誰模仿老師的功力超精采……青春的大無畏，或許幾年後，成為過往，然而留下的回憶，我想應該都是美好吧？青春的密碼繼續編列著，而我在似水年華的這端，遙望著彼岸的青春，再也回不去了，只能懷念——那時的美好單純，年少輕狂……

青春是一本太倉促的書

內壢國中資料組長　林育玫

「青春是一本太倉促的書」詩人席慕蓉的《青春》如此寫道。

但青春正盛如你，正演繹著一齣華麗戲劇——時而意興高昂，時而懵懂迷茫，既壓抑又張揚——獨富魅力與勁道的生命歷程。你，正追逐契合汝心的世界，怎有暇顧及華年倉促？又或者，你已察覺美好時光乍現即逝，正趕忙地以任何方式鎖住最直觀的情愁與記憶。

用文字爬梳青春，用文字探測自由與體制的邊界，用文字調停理智與感性的拉扯，用文字舔拭在現實面前跌倒的傷口。是「為賦新詞強說愁」也好，是真真切切的領悟也罷，青春躁動，需要遼闊的原野縱橫，而文字造就這樣的天遼地闊，包容年少的奇詭與輕狂。

時至今日，若你問我何謂「青春」？我會說那是一段充滿矛盾與衝擊的歲月，循規蹈矩有之，偏激執著有之，因為一齣戲劇驀然觸動心靈而痛哭流涕亦有之。也就是青春，才能讓人如此不羈、如此青澀、如此真誠。祝福內壢國中為青春氣韻留下印記的筆者，為自己的原則理想肉搏，也是英氣十足。

七年級大挑戰——記錄可愛的這一班

內壢國中老師　張智評老師

相逢即是有緣，更何況是要帶領三年的導師班，每次的帶班總是讓我懷著緊張又期待的心情，一面為著他們禱告，一面也祈求神能給我恩惠帶領孩子們。

不知道這個班的孩子乖不乖？不知道他們能不能讀書？不知道他們會不會配合我的帶班政策？我能不能全部的帶他們一起畢業？

一個學期過去了，孩子們很有自己的個性，而且非常有創意，還自稱是體育三班。以下是本人的臉書分享，記錄我如此精彩的生活。

○月○日

某甲同學因為打球受傷一個星期沒有好，媽媽上週五請假去大醫院檢查，原來是膝蓋裏的軟骨斷裂，一定要開刀處理，所以週一到週二繼續請假。一想到他上週雖然膝蓋不方便，卻也是單腳跳了好幾天，一陣害怕之下，向總務處申請升降梯給甲同學使用，還要向保健室借輪椅乘坐。

「老師，他好好喔！我也想要坐輪椅……」（其實不只一個這樣說）

「沒問題，你想要打幾折，我現在就幫你。」

「老師，某乙和某丙在玩甲的拐杖……」

「……」（老師翻白眼）

就在昨天，某乙和某丙熱心的幫甲同學推輪椅，一邊推一邊演示「旋轉、跳躍、閉著眼」，一邊差點把甲同學推到地下室。甲同學為人厚道，沒有計較，但是我還是要安排溫和一點的志工幫忙，還好甲同學認為為了他勞師動眾，出動升降梯妨礙交通，決定開始自立自強，繼續含淚單腳跳上下樓。

今早某丁同學媽媽一張憤怒的紙條，比濃縮咖啡還要醒腦的打醒我。

「老師，週三某戊同學用飛盤打到我女兒，導致他眼睛受傷、視力減退，請學校處理給我們一個說法……」

當下馬上連絡雙方家長，搞清楚事情經過，立即給予處理，今天的空堂就飛了……

在此感謝雙方家長非常明理配合，也信任學校的處理作法，所以事件暫時結束，沒有其他波折。

我也趁機機會教育班上的皮蛋們不要再因為好玩就讓同學受傷……

大女鵝問，還有沒有別的事？

呃，相較於某丙聯絡簿被藏起來、某癸水壺被塞衛生紙，週二時某乙某己某庚某辛同學拿夾娃娃機夾到的劣質香水亂噴，害國文老師和某壬同學過敏，這個星期就這樣平（ㄐㄥ）靜（ㄘㄞˇ）的度過了。

#呵呵呵　#我的班級真可愛　#每天自己洗腦一百次　#現在還笑得出來　#我都佩服我自己了

對了，某乙和某丙出現幾次不是老師記錯打錯，而是他們就是這麼搶戲搶鏡頭。

自從分享了這類心情，相熟的同事、同年級的七導，在打招呼時，莫不露出憐憫的表情，然後安慰一下說聲「辛苦了」給我加油打氣。這個可愛的班，每天有不同的驚喜發生，就好像打電動一樣，每週都有不同的狀況，我接下一個又一個的挑戰任務，和家長的溝通電話也不斷，明明剛開學一個月，學校的B表卻已經寫好一半的學生了。我感覺像是每天早上一上課就期待下課，一到週一就期待周末放假的學生，常常覺得無力。

果不其然，安穩日子沒多久，又來了任務挑戰。

〇月〇日

上週有孩子吃飯吃到打架。

A同學中午吃飯時間，去續飯，打了白飯配了香鬆，路經B同學的位子，就停下來和C、D等同學邊吃邊聊天。（防疫期間居然如此違規！）

B同學回來了，不小心打到A的碗，害A吃飯吃到鼻子裡（噗……）。A就把碗扣在B的頭上，全班哄堂大笑……。B在收拾時，旁邊的EF笑得特大聲，E同學還笑說：你怎麼戴帽子了？

然後B就開始與E追逐戰……結果，兩張桌子無辜損壞。幸好旁邊同學馬上拉開他們沒有造成更大的傷亡。

事件處理完，通知各個家長，A同學的兩個哥哥，放學後就立馬來學校要了解狀況。（是在哈囉？）

而今天，早上G同學和E同學因為口角差點打架，也是被同學們架開，還有同學馬上來報告老師。

下午，F同學和A同學推著玩鬧，撞倒旁邊的H同學，把H壓倒在地，H同學痛到哭了，還好沒有受傷……

F為了脫罪，開始把ABCD好幾個都抖出來，說之前都是這樣推著去撞人玩，他只是循著好玩模式而已，為什麼只處罰他？（這就是孩子的邏輯，認為這樣就可以減刑？）

害我多花了半節時間告誡ABCDF，以後若是再發生推人去撞人，就不再寬貸。然後再花半節課一一向父母解釋事情經過，以及以後如何處理。

#ohmyJESUS　#我需要更多更多的禱告　#因為愛是恆久忍耐……

中午想到最近一群小小兵們在要打架前總是即時拉開同學，沒有在旁邊鼓噪，就招聚起來給個哈哈球獎勵一下。

然後J同學說：「老師，我告訴你一件事實……（一邊在我面前吃下巧克力）其實我只是來湊熱鬧，我沒有拉開同學……」

#我怎麼會教到這麼厚臉皮的學生？

這些皮蛋，$%*#⊙……

然後就是每週週日對基督徒來說重要的主日聚會，讀到了這個經節：

「惟在愛裏持守著真實，我們就得以在一切事上長到祂，就是元首基督裏面。」弗四15

在「愛裡持守著真實」，因為在愛裡，所以就有真實，因為對身邊的人有愛，我們就願意用真實去對待他們。我們在愛我們身邊的人時，總是用真實來對待他們；為了孩子好，我們也是用愛用真實來教育，希望他們以後成器。若是我們自己的孩子用謊言欺騙我們，我們又會多麼傷心，自然就比外人的欺騙，傷害來得更大。神的愛，就是真實的，祂能愛我，也能愛世上的任何人，當然就包括我的七年級孩子。這剛好就是我現在最需要的，我總是覺得我的愛太小，如何能愛身邊的人，更是要如何再去愛我的這些調皮的學生們？

我只能更多的轉向祂，向祂禱告，因為我的裡面缺少神。

回想起從前帶領我得救的師母，曾經向著她的孩子、弟兄，哽咽的認罪說：對不起，我不夠愛你們！我的心裡非常的震撼，如何能讓一個慈愛的師母這樣的流淚，她已經是這樣的成為我的榜樣了，為什麼還是覺得自己愛得不夠？

直到現在我也為人妻人母，才真的體會到師母的心，因為我們的愛真的不夠，雖然外在看來實在是愛得很多了，確實是覺得自己的愛真的太小太比不上神，因為祂要的不是我們自己的愛，而是祂要我們以祂的愛來愛。

我的七年級實在常常讓我覺得每天在燒腦，所以當我把他們提名帶到神的面前禱告，才發現我總是在「對付」他們，而不是「愛他們」，就覺得這就是我最虧欠他們的。

其實他們真的很可愛，小七生還是有許多小乖乖，他們用他們的方式愛我，而我卻只把心思放在調皮的孩子，還有他們脫序的行為上。例如：

乖班長在我交代每日事項後，從此自動把事情做好等我進教室。

乖衛生股長和環保股長每天辛苦的等同學消毒完才離開教室回家。

乖小老師在科任老師請喝飲料時，多要一杯飲料留給我喝。

乖小小兵們在同學要打架前，趕緊把他們架開避免鬧出悲劇。

我真的很幸福，神也如此的愛我，給我這個可愛的班，不是要考驗我，讓我燒腦管教他們，而是要我學習用愛與真實來對待他們，愛他們。

他們需要多一些鼓勵，成績不好沒關係，慢慢進步就好。

男孩子們不懂事惹了麻煩沒關係，不犯錯的孩子像是死掉的孩子，死氣沉沉多沒意思。

女孩子們吵架搞小團體沒有關係，我們也是有喜歡不喜歡的人，那就教他們怎麼和不喜歡的人相處吧！

第一名的孩子說：第一名好累，今天不當第一名。那我就用愛安慰他，陪他休息一下。

上課愛說話的孩子忽然變安靜了，原來是正在銷過，我在心裡默默誇獎他，希望他撐久一點。

不交聯絡簿的孩子開始準時交聯絡簿了，老師的糖果最多，送一顆給他鼓勵一下。

這次段考好多人進步了，老師說感動得快哭了，然後我看到他們有點自豪又有點靦腆的表情。

原來這屆的孩子這麼得可愛，不是他們難搞，是我自己看不透，若是每屆都這樣地看待，是不是就可以減少一些誤會不諒解？

從今天起，七年級繼續大挑戰，不過不是在於解決他們的錯誤，而是去發現他們的優點，讓他們更多發揮優點來減少缺點。可愛的小七們，老師會好好帶你們到畢業的，一起加油！

我們與噁的距離——獻給衛生組的長期志工們

內壢國中衛生組長　詹青艷

擔任衛生組長今年已是第七年，根據維基百科介紹「七年之癢」，「癢」即不舒服之意，這個考驗是感情中的轉捩點；婚姻到了第七年，人們可能對婚後生活的平淡規律感到無聊乏味，而經歷外遇等危機的考驗。其實在繁瑣的業務各項訪視和教學壓力夾攻之下，豈止是七年之際，根本是每年都會萌生退意！那麼到底是什麼樣的理由，讓我可以一直熬下去？

莫非是眷戀「人氣王」這樣的虛榮頭銜？非也，非也，不過都是玩笑話罷了！明明人氣王就是生教組的組長們，一上台就引起台下少男少女們目光聚焦和許多的小鹿亂撞。原來所謂人氣王，是指只要廣播今日需要午休短期志工，瞬間我就可以「搭」來許多人馬。

或是看見把掃具當花槍耍弄的同學時，可以霸氣大喊「全校掃具都我的，不准亂搞」的富豪感？非也，非也，只是提醒同學們愛物惜物，也注意安全。

其實，連續七年的組長職位可以不中斷，很重要的，是要感謝那些來來去去的衛生組的「長期志工」。

快手輸入整潔成績的鍵盤高手、堅守垃圾子車崗位的護衛、拿著抹布擦拭馬桶的職人、維持掃具室收納的達人。伸出雙手攪翻噁爛的回收，清理早已發臭的食物殘渣，跳入佈滿落葉的臺下，清除水溝的汙泥，酷熱夏天日復一日的薛西弗思神話修鍊，秋日紛紛落下如雪，掃也掃不盡的葉片，運掌著長柄掃除天花磚隙的縷縷長絲，飄在頭頂的、肩膀的片片灰漬，連同汗水浸濕了髒透的運動服。

就這些嗎？還有呢！突發的狀況隨時襲來，緊急的救援各類麻煩，有塞在馬桶裡面的內褲，喔！當然是沾滿了黃金；子車內被清潔隊拒收退貨的物件，整台翻出，砍掉重練；還有，回收場內堆積如山的各式雜物，想都想不透為何會出現在這，簡直就是活生生的聚寶盆，清了又會再出現，詭奇的都市傳說仍不停上演……

九年級志工畢業前夕問我：「老師，我們畢業了，你怎麼辦？」就某種層面而言，老師也是種「送往迎來」的職業。年年歲歲，好不容易建立的默契隨著鳳凰花盛開而中斷，而新的一季又隨著桂花飄香帶來稚嫩的志工。那些過往的難忘畫面——美好的、溫暖的、紮實的成為我的支柱和力量。我親愛的志工們，你們為自己的生命留下深刻的存在的意義，也為他人的生命帶來明亮的美好的希望。謹以此篇送給那些曾經擔任過衛生組長期志工的你（妳），獻上老師滿滿的感恩與祝福，時數破百不過是小菜一碟，蛋糕一片，真正重要的是過程中的成長和磨練，願你（妳）茁壯成熟，一直這樣發光發熱。

初夏的黃金雨——阿勃勒．獨自美麗

內壢國中老師　范秀慧

內中樹木眾多，在不同季節總可以欣賞到花卉盛開的景象，彷彿大自然的調色盤，隨著季節不停地更迭遞嬗。

櫻花與杜鵑以一身粉嫩的紅，互相較勁，告訴內中人——春天來了。到了四月天登場的是游藝樓的兩棵油桐花，她們毫不客氣地撒了一地的白，這白色的雪花讓人駐足、驚艷、感動。來到初夏的五月是最溫馨的季節，也是阿勃勒獨自綻放美麗的季節。南大門和勤學樓前面的花園都有栽種阿勃勒，我們一起賞花去！

秋天是大部分植物落葉的季節，但阿勃勒卻始終依循自己的節奏——初夏褪去殘葉，再長新芽，接著開花。開花時，僅有少許鮮嫩的綠葉，呈現黃綠交映的另一種美感。

阿勃勒為蝶形花的總狀花序，花瓣五片，雄蕊十枚，花絲呈黃色，其中有三枚特長彎成勾狀，像極了藝術掛勾，也像一盞盞鮮黃的宮燈。阿勃勒的花序長約六十公分，約有八十朵花，形成一個長串下垂的總狀花序。花由基部向頂端依序開放，開花時間很長。另外，每節枝條上都會開出一到三串花序，所以樹越大，花朵越多。當初夏的薰風吹拂，那掛滿枝頭，傾瀉而下的金黃色花穗，有如黃色瀑布般耀眼醒目，像黃金雨般美麗！

阿勃勒的果實形似香腸，因莢果筒形長條狀似豬腸，又稱豬腸豆。為不開裂長莢果，呈圓筒長棒狀，成熟時由綠轉為黑褐色，質硬，像黑色的圓木棍。因果實一年才成熟，所以常在開花時看到花果並存的景象。每年的五至七月可看到今年的花與去年的果同在樹上，一串串金黃色花序與嫩綠色的樹葉混搭，又點綴著幾支黑褐色圓筒狀果莢，當真是絕配啊！

阿勃勒花多在五到六月間開花，有些畢業生離校前都會在阿勃勒樹饒富詩意的黃金雨下拍照留念，所以又稱阿勃勒為「畢業花」。阿勃勒的用途除了當庭園觀賞樹或行道樹外，果莢十分堅硬，很難敲得開，將果莢拿來敲打背部，可是最天然環保的按摩棒呢！

幸福內中的一草一木，只要我們願意用心觀察、駐足體會，一定容易欣賞到隨季節變化而呈現出來大自然的美麗與感動。

阿勃勒的果實

阿勃勒盛開

阿勃勒	落葉大喬木，株高十－二十公尺，傘形樹冠，樹皮呈灰白色，平滑。
學　名	Cassia fistula
科　別	豆科 決明屬
英文名	Golden Shower Tree
別　名	波斯皂莢、黃金雨、豬腸豆、臘腸樹、阿勒勃、婆羅門皂莢。
原產地	錫蘭、印度，於西元一六四五年引進台灣。
用　途	一、庭園觀賞樹或行道樹。二、食用：莢果內有一層層隔膜，將種子隔開，每室有一顆種子，呈扁圓形有褐色光澤，果肉是瀝青狀黑色黏質，有一股刺鼻的氣味。種子有人說味甜可食用，也有人說有毒，有輕瀉作用。三、阿勃勒的葉子，是粉蝶幼蟲的食物。四、樹皮含單寧，可作紅色染料。

與齊柏林導演相遇【鳥】課文環境反思與實踐

輔導主任李文義

在看過嚴長壽先生所寫的《教育應該不一樣》，我們嘗試帶領內中同學組成以閱讀走讀為主創新的教學團隊，設計「與齊柏林導演相遇【鳥】課文環境反思與實踐」——內壢國中二〇一九KDP創新教學教案。

在一場生命教育的講座中，內壢國中邀請到桃園市野鳥學會理事長吳豫州與講師施創華，對內壢國中師生展開了內壢地區母親河（新街溪與黃墘溪）野鳥救傷與放飛活動，過程中感動了學生與國文老師楊秀嬌及詹青艷老師，而將國中課程梁實秋所寫的課文《鳥》一文，與齊柏林導演所拍攝的桃園水晶（埤塘之美）結合，帶領內中孩子們去探索守護埤塘野鳥並實踐「我愛鳥」的行動。

一群熱血教師組成團隊，基於對國文課程教學的省思，以內壢國中綠色學校本位課程，進行跨越校園踏查內壢地區地理環境，也邀約了陳清祥老師一起以地理知識與公民素養，發掘愛在內中巡水護水的「現代水甲員」，繪製「愛在內中黃墘溪歷史自然生態」的家鄉環境地圖，帶領學生實地觀察，再透過齊柏林導演紀錄片認識家鄉埤塘，以空拍紀錄喚醒孩子守護保衛桃園水晶埤塘的DNA，在環境倫理受到激烈挑戰的現代，效法「巡水的水保甲員」展現行動守護家園、疼惜環境。

一、創意課程設計的願景：

我們要讓知識走出校園，讓能力走入生活，讓學生體驗學習。內壢國中是一所對於環境有愛的學校，透過資源整合及社區資源的挹注，配合行政創新策略，觸發師生間的感動，營造多元學習情境，深化服務學習，積極發展學校特色。

（一）營造師生共學的亮點：當孩子面對校園內的花草生物和社區的河川人文有深入認知和情感連結時，展現的自信與燦然笑顏是對教師最直接的肯定與回饋。在學習翻轉的世代，教與學的角色扮演不再僵化制式，師生間的互動與成長是最動人的詩篇。

（二）探求學校創新的支點：偏鄉環境具豐富生態素材，利於發展學校特色課程，有效結合生態永續，在靜謐的黃墘溪，持續發展環境教育成為重要學習支點。

（三）提供社區營造的基點：經濟工業的社區，在實際參與學校各種活動和增能課程中，見證學校的努力和孩子的轉變，也喚起社區整體營造的共識，發展並宣揚內中以愛守護環境特色為榮。

二、創新教學策略作法：

（一）教學內容的創新：透過成立校內黃墘溪巡守志工隊的優質服務情境營造，而教師利用課文的感動，進而付諸行動去服務學習的機會，提升教學內容的深度及廣度。

（二）教學方法的突破：透過自主小組合作與黃墘溪志工隊的體驗學習，以學生為主體，從探索轉化學習，藉由強化志工服務全方位、多元學習觀的建立，也讓學生在內中巡水水甲員導覽活動及分享參與時都學會多元能力，培養愛環境與助人的合作精神。

（三）教學師資的創新：透過跨領域協同教學、社區資源整合引入社區資源，由黃墘溪河川志工服務隊介紹黃墘溪源由，與家人鄰里社區分享生活概況，以社會參與為學習。

（四）主題導向的教學課程：課程規劃方面，我們採用主題導向的方式設計課程，「以學生為中心」。依據不同年級孩子們的跨領域相關能力，結合環境教育、服務學習的深度及廣度，發展出多樣貌的活動單元，讓全校孩子們都能參與。

（五）教學省思的實踐：課程中守護桃園水晶議題，將透過拜訪及實地踏查，讓學生認識埤塘種電與環境保育的關聯，進而能尊重環境守護埤塘與友善候鳥生存的環境。

三、結語

看著整理的照片，再次感動滿滿！我們真實的帶孩子走出教室，向大自然學習，心中充滿感恩，在老師的生涯中留下美好印記。

透過沈振中老師的《土地國宣言》：「我宣布我自己為土地國的一個國民。我永不停止的尊重土地國中的其他分子，如土壤、水源及各種動、植物。自然環境並不屬於我們人類，我要學習與生物分享整個土地。因為我的智慧與能力比土地國其他分子特殊，所以我在使用或改變自然資源、環境時，有責任、更有義務要考慮到整個物群聚的福利。」一起為這地球留下美好。

守護遠道而來的小燕鷗（一）

守護遠道而來的小燕鷗（二）

生態豐富的桃園水晶埤塘

守護桃園埤塘野鳥

少年文學54　PG2448

我把青春寫成書
——中學生作文集

主編／楊秀嬌
責任編輯／石書豪
圖文排版／楊家齊
封面設計／劉肇昇
出版策劃／秀威少年
製作發行／秀威資訊科技股份有限公司
114 台北市內湖區瑞光路76巷65號1樓
電話：+886-2-2796-3638
傳真：+886-2-2796-1377
服務信箱：service@showwe.com.tw
http://www.showwe.com.tw

郵政劃撥／19563868
戶名：秀威資訊科技股份有限公司
展售門市／國家書店【松江門市】
104 台北市中山區松江路209號1樓
電話：+886-2-2518-0207
傳真：+886-2-2518-0778

網路訂購／秀威網路書店：https://store.showwe.tw
國家網路書店：https://www.govbooks.com.tw
法律顧問／毛國樑　律師

總經銷／聯寶國際文化事業有限公司
221新北市汐止區康寧街169巷27號8樓
電話：+886-2-2695-4083
傳真：+886-2-2695-4087

出版日期／2020年7月　BOD一版　**定價**／320元
ISBN／978-986-98148-3-6

秀威少年
SHOWWE YOUNG

國家圖書館出版品預行編目

我把青春寫成書 : 中學生作文集 / 楊秀嬌主編.
-- 臺北市 : 秀威少年, 2020.07
面； 公分. -- (少年文學 ; 54)
BOD版
ISBN 978-986-98148-3-6(平裝)

863.597　　109007351

讀者回函卡

感謝您購買本書，為提升服務品質，請填妥以下資料，將讀者回函卡直接寄回或傳真本公司，收到您的寶貴意見後，我們會收藏記錄及檢討，謝謝！如您需要了解本公司最新出版書目、購書優惠或企劃活動，歡迎您上網查詢或下載相關資料：http:// www.showwe.com.tw

您購買的書名：______________________________

出生日期：________年________月________日

學歷：□高中（含）以下　□大專　□研究所（含）以上

職業：□製造業　□金融業　□資訊業　□軍警　□傳播業　□自由業

□服務業　□公務員　□教職　□學生　□家管　□其它_____

購書地點：□網路書店　□實體書店　□書展　□郵購　□贈閱　□其他

您從何得知本書的消息？

□網路書店　□實體書店　□網路搜尋　□電子報　□書訊　□雜誌

□傳播媒體　□親友推薦　□網站推薦　□部落格　□其他__________

您對本書的評價：（請填代號　1.非常滿意　2.滿意　3.尚可　4.再改進）

封面設計____　版面編排____　內容____　文／譯筆____　價格____

讀完書後您覺得：

□很有收穫　□有收穫　□收穫不多　□沒收穫

對我們的建議：______________________________

____

____

____

請貼
郵票

11466
台北市內湖區瑞光路 76 巷 65 號 1 樓
秀威資訊科技股份有限公司 收
BOD 數位出版事業部

(請沿線對折寄回，謝謝！)

姓　名：________　年齡：____　性別：□女　□男

郵遞區號：□□□□□

地　址：________________

聯絡電話：(日)________　(夜)________

E-mail：________________